소아과 병동의 사계

호소야 료타 지음 | 이지수 옮김

서커스

차례

첫머리에 007

봄

료타 013

오쿠이조메 025

만두 032

삶의 낙 037

아이와 놀이 046

밑칠의 색 052

우로 카포네 060

내과 의사와 소아과 의사 066

여름

진료 기록 073

별모양 쿠키 080

앵두 086

충수염 이야기 092

고시엔 099

망둥이 낚시 121

카자흐스탄 127

가을

운동회 135

잊지 못할 날 141

대선배 154

주먹밥의 맛 160

알덴테 165

생명의 싸움 171

삶과 죽음 사이 193

겨울

봄날 같은 10월 207

트리아지 212

잃은 아이를 노래하다 217

크리스마스 238

탯줄 244

이별 250

'아버지'와 '어머니' 256

후기를 대신하여 271
옮긴이의 말 275

첫머리에

저는 소아과 의사, 다시 말해 아이들을 위해 일하는 의사입니다. 전문 분야는 소아암 치료지만 영유아 건강검진도 하고 감기나 설사 같은 어린이의 병을 전반적으로 진찰하지요. 이부분이 다른 과 전문의와 다른 점이라 생각합니다.

아이의 주위에는 부모님이 있고 형제자매가 있고 할아버지와 할머니가 있습니다. 소아과 의사가 된 지 30년, 그런 이들과 다양하게 교류하며 이런저런 생각이 들었습니다.

그 생각의 대부분은 시간의 흐름에 섞여 사라졌지만, 제 기억 상자 속에 남아 있는 것도 아주 조금은 있었습니다.

그 기억을 떠올리며 4B 연필로 원고지를 채워서 완성한 책이 이와나미출판사의 '살다' 시리즈에 포함된 『생명을 바라보며』입니다. 1998년 봄에 나온 이 책은 지금은 이미 절판되었습니다.

몇몇 독자 분들로부터 어디 남아 있는 곳이 없느냐는 문의를 종종 받았습니다. 그럴 때마다 죄송하다는 답변을 드려야 해서 면목 없었지요. 그래서 이번에 이와나미출판사에서 문고본 출간 제의가 들어왔을 때는 마음이 적잖이 놓이며 너무도 감사하다는 마음이 들었습니다. 구성은 사계절을 따라 다시 엮었습니다.

정보기술화가 진행되고 있는 현대이기에, 오히려 사람과 사람이 자연을 의식하면서 건실한 관계를 맺는 일이 나날이 중요해지는 느낌입니다.

'생명'에 대해, '삶'에 대해, 때로는 멈춰 서서 생각할 필요가 있는 시대가 되었습니다.

이 책이 그 계기가 된다면 그만큼 기쁜 일은 없을 것입니다.

2002년 4월
성누가 국제병원 소아과 진료실에서
호소야 료타

소 아 과 병 동 의 사 계

일러두기

1. 이 책은 호소야 료타(細谷亮太)의 『小児病棟の四季』(岩波現代文庫, 2002)를 완역한 것이다.
2. 사이시옷은 발음과 표기법이 관용적으로 굳어져 있는 경우를 제외하고는 가급적 사용을 지양했다.
3. 일본어 'ち'와 'つ'는 철자의 위치에 상관없이 '치'와 '츠'로 표기했다.
4. 일본 인명의 경우 성 다음의 이름이 파열음 ㅋ, ㅌ, ㅍ으로 시작될 경우 그대로 표기했다. 단 성의 경우는 ㄱ, ㄷ, ㅂ으로 표기했다.
5. 일본 고유명사 표기는 음독의 경우 관용적으로 굳어진 경우를 제외하고는 일본어 한자음을 사용하지 않고 가급적 우리 한자음대로 적었다.

봄

spring

+++ 료타

제 입으로 말하기는 쑥스럽지만 '료타'는 좋은 이름이라고 생각합니다. 우선 좀처럼 볼 수 없는 이름이라는 점이 마음에 듭니다. 실제로 대학을 졸업할 때까지 같은 이름을 가진 사람과 만난 적이 없었지요. 드물게, NHK 교육방송 가운데 〈료타의 마을〉이라는 프로그램이 있었던 것과 스미이 스에 씨의 소설 『들판은 별빛』에 료타라는 소년이 등장했던 것 정도가 특별히 기억에 남을 만한 일이었습니다.

하지만 요즘 들어 사태가 완전히 달라졌습니다. '료타'가 흔한 이름 베스트 텐에 들기 시작했으니 놀랄 일이지요.

제가 경험한 잊지 못할 환자 리스트에도 '료타'가 한 명 추가되었습니다. 작년의 일입니다.

두 살배기 막둥이 남자아이였던 료타에게는 여덟 살 누나와 여섯 살 형이 있었습니다. 아주 사이좋은 남매들이었죠.

1월 30일에 콧물과 기침이 나서 료타는 동네 병원에 갔습니다. 선생님은 감기약을 처방했습니다. 하지만 열이 나고 이틀 뒤인 2월 1일에는 귀까지 아파해서 이비인후과에도 데려갔습니다. 중이염이었습니다. 다음 날인 2월 2일에는 날이 밝기 전부터 컨디션이 몹시 안 좋아서 어머니를 걱정시켰고, 그날 정오가 지나자 갑자기 흰자위를 드러내며 손발을 뻗는 경련을 일으켰습니다. 아이를 안고 있던 어머니는 놀라서 구급차를 불러 병원에 데려왔습니다.

입 안에는 침이 가득해서 그것을 빨아들인 뒤 산소를 마시게 하며 다양한 항경련제를 썼습니다. 하지만 경련은 멎지 않았습니다. 더 강한 항경련제를 쓰기 위해 기관氣管에 관을 삽입해서 기도를 확보하고 계속 약을 쓴 끝에, 한 시간 반 정도가 지나서야 겨우 경련이 잦아들었습니다.

뇌 CT를 찍었지만 경련의 원인이 될 만한 것은 찾지 못했습니다.

허리 근처 척추와 척추 사이의 틈으로 가느다란 침을 척수강에 찔러 넣어 뇌척수액을 뽑아내는 요추천자라는 검사도 응급실에서 했지만, 수막염이나 뇌염을 연상시키는 소견은 없었습니다. 혈액검사에서도 당일은 이렇다 할 이상이 발견되지 않았고요. 뇌파를 측정해보니 뇌증腦症이라고 불리는 상태였고, 혼수상태에 가까운 파형도 있었던 모양입니다.

소아신경이 전문 분야인 O 선생이 리더가 되어 진단을 진행하며 뇌압을 떨어트리는 약을 쓰는 등의 치료도 병행했습니다. 다음 날 간 기능이 떨어졌다는 점에서 라이 증후군*이나 헤르페스 뇌염** 등의 심각한 병도 의심되었지만, 간 조직 생체검사나 바이러스 검색에서도 뚜렷하게 판정할 수 있는 소견은 보이지 않았습니다. 생각할 수 있는 다양한 치료를 시도했으나 2월 6일쯤부터는 뇌파도 잠잠해졌습니다. 2월 7일, 입원한 지 6일째에는 갑자기 호흡이 멈춰서 인공호흡기를 달게 되었습니다. 뇌 CT를 찍어보니 뇌 전체가 부어 오른 상태였습니다. 동공에 빛을 비춰도 전혀 반응이 없었고, 뇌파도 완전한 직선이 되고 말았습니다.

아이의 뇌사 판정은 어려운 데다 아직 정의가 뚜렷하지 않았습니다. 어른의 판정 기준에 따르면 이미 뇌사 상태입니다.

---

* 간의 지방변성과 뇌의 급성부종이 특징적으로 나타나는 질환.
** 고열을 내면서 의식장애와 혼수상태에 빠지고, 급성을 경과하여 2주 전후가 되면 대부분 사망하는 뇌염.

주치의 O 선생이 곁에 있던 어머니에게 병세를 자세히 설명하고 앞으로 회복은 기대할 수 없다는 이야기를 한 날은 2월 14일 발렌타인데이였습니다.

"얼마나 갈지는 모르겠지만 어떻게든 마지막까지 버텨줬으면 해요. 지금 료타는 어디에 있는 걸까요? 하느님 곁으로 간 것도 아니고, 이도 저도 아니라서……"

어머니가 물었습니다. 독실한 가톨릭 일가였습니다.

"료타의 살고자 하는 힘에 맡겨보시죠."

주치의는 이렇게밖에 말할 도리가 없었습니다.

그 뒤로도 료타의 병세는 호전되지 않았습니다. 2월 26일에 뇌혈류 신티그램을 촬영해봤더니 대뇌반구에는 피의 흐름이 완전히 멎어 있었습니다.

내내 잠자기만 하는 료타의 곁을 거의 한 달이나 애써 지킨 가족들은 몹시 지쳐 있었습니다.

딱 그 무렵이었습니다. 저녁 때 병실 앞을 지나다 보니 어머니와 료타가 창을 통해 들어오는 석양빛을 받고 있었습니다. 신경은 제 전문 분야가 아니어서 료타의 가족과도 일상적인 인사 정도만 하는 사이였지만, 문득 병실에 들르고 싶어져서 안으로 들어가 어머니와 잠시 이야기를 나눴습니다.

"이대로 계속 인공호흡기를 연결한 채로 몸을 살려두는 게 과연 옳은 일인지 잘 모르겠어요. 료타의 혼은 어디에 있는지, 어떻게 하고 싶은지도 못 물어보는데……"

"정말로 그렇군요."

그런 대답밖에 할 수 없었습니다.

"하느님이 천국으로 데려가주시려 하는데 제가 아직 어떻게든 함께 있고 싶다고 무리하게 만들어서, 료타도 망설이고 있는 게 아닐까라는 생각도 들어요."

"본인이 이렇게 하면 좋겠다거나 저렇게 하면 좋겠다는 걸 말해주면 주위 사람은 편하겠지만 료타는 이제 아무 말도 안 하니까요. 하지만 어머님, 이 세상에서 료타를 가장 잘 아는 사람은 아마 어머님일 겁니다. 어머님이 이대로 좀 더 있었으면 좋겠다고 생각한다는 건 료타도 같은 마음이라는 뜻이에요."

슬프지만 제게도 고요하고도 의미 깊은 시간이었습니다. 잠시 그 곁에 머문 뒤

"어머님도 쉴 수 있을 때는 푹 쉬시는 게 좋습니다. 그럼 안녕히 주무세요"

라고 말하고 병실을 나섰습니다. 창밖에는 이미 어둠이 완전히 내려앉아 있었습니다.

다음 날에는 주치의, 병동의, 간호사, 사회복지사와 부모님이 의논하는 자리에 신부님도 나오셨습니다.

"이제까지와 마찬가지로 강심제* 등을 쓰고는 있지만 조금씩 혈압과 심박수가 떨어지기 시작했어요. 이건 지금까지 애써온 료타의 심장도 요즘 들어 조금 지쳤다는 뜻이겠지요."

O 선생으로부터 이런 말이 전달되었습니다.

'그리 멀지 않았구나.'

저도 생각했습니다.

CD플레이어에서 료타가 몹시 좋아하는 노래가 반복해서 나오고 있었습니다.

이런 상황이 오면 가족 각자의 현실을 수용하는 정도에 차이가 생길 때가 있습니다.

어머니는

'가장 귀여운 얼굴로 천국에 보내주고 싶어. 그게 내 마지막 선물이야'

라고 생각했지만, 다른 가족들은 여전히

"이렇게 손도 따뜻하고 마치 자고 있는 것 같은데, 조금 더 이대로 버텨줬으면 좋겠어"

라고 말합니다. 두 주장 다 옳습니다.

저는 머지않아 때가 오면 모두가 서로를 이해하게 되리라

---

* 쇠약해진 심장 기능을 회복시키는 약.

생각했습니다. 하지만 어머니가 걱정했던 건 료타의 누나와 형이었습니다.

"료타는 언제 집에 와?"

"언제 눈 뜨는데?"

라고 거듭 물었던 것입니다. 어머니가

"하느님이 료타를 천국으로 데려가주시는 거야"

라고 말하면

"하느님은 료타를 구해주지 않아?"

라고 되묻습니다.

"료타가 죽는다는 걸 선생님이 아이들에게 이야기해주실 수 있을까요?"

어머니로부터 이렇게 부탁받은 것은 그 무렵의 어느 저녁이었습니다.

누나인 유카는 여덟 살, 형인 코헤이는 여섯 살이었습니다. 진지한 이야기라도 문제없이 들어줄 것 같은 유카와

"흠, 흐응"

하며 흘려들을 것 같은 코헤이. 어지간히 어려운 일이었지요.

마침 근처에 안성맞춤인 그림책이 있어서 그 책을 읽는 데서 이야기를 시작하기로 했습니다. 『잊지 못할 선물』*이라는

영국의 작은 그림책입니다. 작가는 수잔 발리. 도쿄전력의 텔레비전 광고에 나왔던 바로 그 오소리가 주인공입니다. 일본어 판은 오가와 히토미 씨의 번역으로 평론사에서 나왔습니다. 아주 훌륭한 번역입니다.

오소리는 지혜로워서 언제나 다들 오소리를 의지했습니다. 곤란에 빠진 친구는 누구든지 반드시 도와줍니다. 게다가 나이가 굉장히 많아서 모르는 게 없을 정도로 척척박사였습니다. 오소리는 자기 나이라면 죽을 날이 그리 멀지 않다는 것도 알고 있었습니다.

이 첫 페이지에는 코안경을 쓴 늙은 오소리가 연두빛이 감도는 베이지색 재킷에 녹색 목도리를 하고 큰 그루터기에 걸터앉아 있는 그림이 있습니다. 자세히 살펴보면 지팡이에 두 손을 올리고 그 위에 턱을 괴고 있습니다. 그루터기 주위에는 마른 풀잎이 그려져 있습니다.

이 오소리는 죽음도 두렵지 않았습니다. 몸이 없어져도 마

---

* 한국에서는 『오소리 아저씨의 소중한 선물』이라는 제목으로 지경사에서 출간되었다.

음이 남는다는 것을 알고 있었기 때문이죠. 주위 친구들에게도 자기가 없어져도 너무 슬퍼하지 말라고 말해뒀습니다.

어느 날 저녁, 오소리는 자기 방 난로 앞에서 친구들에게 편지를 쓰면서 꾸벅꾸벅 졸다가 꿈을 꿉니다. 지금은 지팡이 없이는 못 걷게 되었는데도 젊은 시절처럼 엄청난 속도로 기분 좋게 달려서 터널을 빠져나갑니다. 그러다 두둥실 몸이 떠올랐습니다.

그리고 오소리는 완전히 자유로워졌다고 느꼈습니다.

다음 날 아침, 오소리가 아침 인사를 하러 오지 않는 것을 걱정한 친구들이 상태를 살펴보러 갔더니 오소리는 죽어 있었습니다.

기나긴 터널의 저편으로 갈 거야. 안녕.

오소리가 쓴 편지가 남아 있었습니다. 계절은 이미 겨울이었습니다. 모두 오소리를 떠올리며 겨울잠 자는 동굴 속에서 슬프고도 기나긴 겨울을 보냅니다.

봄이 되자 모두 모여서 오소리에 관한 추억을 이야기합니다. 두더지는 종이 자르기 공예를, 개구리는 스케이트를, 여우는 넥타이 매는 법을, 토끼는 쿠키 만드는 방법을 오소리에게 배웠습니다.

마지막 눈이 사라질 때쯤, 오소리가 남긴 풍성한 추억 덕분에 모두의 슬픔도 사라졌습니다. 오소리 이야기가 나올 때마다 누군가가 늘 즐거운 추억을 말할 수 있게 되었습니다.

마지막 페이지에는 봄의 언덕 위에 두더지가 서 있는 그림이 있습니다. 하늘에는 봄다운 구름이 떠 있습니다. 두더지는 오소리가 남겨준 선물에 대한 감사 인사를 합니다.

"고마워요, 오소리 할아버지."

왠지 두더지는 곁에서 오소리가 들어주는 것만 같았습니다.

그렇지요…… 분명 오소리에게…… 들렸을 거예요.

저는 남겨질 꼬마 누나와 형에게 그림책을 읽어주며 눈물이 멎지 않았습니다. "……" 대목에서는 그림책대로 목이 멨습니다.

유카도, 얌전하게 들어줄지 걱정이었던 코헤이도 울고 있습니다.

인간이라는 생물은 이렇게 어릴 때부터 어른과 완전히 같은 감정을 공유할 수 있다는 사실을 재확인하며, 또다시 눈물이 멈추지 않았습니다. 하지만 이때만큼은 저도 울면서 아이들에게 이야기하는 게 부끄럽지 않았습니다.

"오소리는 할아버지가 되어서 죽었지만, 우리 중에는 더 일찍 죽는 사람도 있단다. 인간도 생물이라서 언제 죽을지는 아무도 모르거든. 료타는 이제 곧 터널의 저편으로 빠져나가서 자유로워질 거고, 지금도 푹 잠들어 있어서 아프지도 괴롭지도 않아. 알겠지?"

두 사람이 크게 고개를 끄덕인 것을 확인하고

"장하네"

라고 말한 뒤 방을 나와 황급히 세면대가 있는 곳에 가서 어푸어푸 세수를 했습니다.

그로부터 5일 뒤인 3월 5일 해 뜰 무렵, 심박수가 갑자기 떨어져 가족 모두에게 교대로 안겨가며 료타는 터널 저편의 천국으로 갔습니다.

"네가 준 많은 선물, 정말 고마워"

어머니가 살며시 하는 말이 들렸습니다.

* * *

몇 달 뒤 유카와 코헤이의 편지를 어머니가 전해주셨습니다.

호소야 선생님께.

안녕하세요.

저번에 선생님이 텔레비전에 나와서 이야기하시는 거 봤어요.

호소야 선생님이 주신 오소리 책을 자주 읽어요. 그 책을 읽을 때마다 눈물이 방울방울 나와요.

성누가병원에서 또 만나요.

그럼 안녕히 계세요……

+++ 오쿠이조메

일본을 떠나 한번 생활해보면 이 나라의 자연과 풍토, 계절의 변화가 너무도 아름답다는 것을, 그 무엇과도 바꿀 수 없다는 것을 잘 알게 됩니다.

그 속에서 우리의 조상은 아기를 낳고 키워왔습니다. 문자가 전혀 존재하지 않았던 무렵, 그리고 그 뒤 평범한 어머니들에게는 읽기와 쓰기가 먼 세계의 일이던 무렵부터 이 나라 나름의 육아 지혜는 입에서 입으로 전해져 내려왔습니다.

요전에 라디오의 심야 방송에서 아이누* 문화를 전하는 분이

---

* 홋카이도와 사할린 등지에 분포하는 소수 민족.

"자연을 지켜야 한다고들 야단법석인데 우스울 뿐이다. 먼 옛날부터 우리는 자연에게 보호받아 왔으니까"

라고 말씀하셨습니다.

우리의 조상은 때로는 몹시 엄격한 얼굴을 보여주는 자연과 싸우면서도 자연과 하나가 되고 그 안에 녹아들어 평화롭게 살아왔습니다. 자연에게 보호받는다는 의식은 자연을 두려워하고 숭상하는 마음을 길렀습니다. 옛 일본인이 산, 강, 바다, 천둥, 비, 눈, 바람을 보고 각각의 신을 연상한 것은 그 결과라 할 수 있지요.

사람 하나가 태어나서 죽음에 이르기까지의 생활에도 이 일본적인 조심스러움이 강한 영향을 끼칩니다. 아기가 태어나는 것이나 무럭무럭 자라나는 것도 너무 신기하고 고마운 일이라서, 만사가 자연과 그에 깃든 신들의 은혜로 일어난다고 생각했습니다.

누구나 다 아는 〈다케토리 이야기〉*를 머릿속에 떠올려보면

---

* 일본의 설화. 한 노인이 대나무 안에서 여자 아기(가구야 공주)를 발견해 데려와서 키운다. 아름답게 자란 가구야 공주에 대한 소문이 널리 퍼져 수많은 구혼자가 몰려들지만, 결혼할 마음이 없는 공주는 그들에게 불가능한 과제를 낸다. 구혼자들은 모두 실패하고 공주는 자신이 원래 달에서 왔음을 밝히며 달로 돌아간다.

잘 이해되겠지요.

또한 생명이 몹시 덧없다는 점도 옛날 사람들은 뼈저리게 느끼고 있었습니다. 그렇기 때문에 신의 도움에 기대지 않으면 버티지 못할 정도로 위태로워 보이는 기간인 태어나서부터 첫 돌까지는 다양한 축복 의례를 치르며 감사하는 마음을 나타냈 습니다. 그렇게 하지 않으면 모처럼 점지받은 귀한 아기를 언제 마물이 데려갈지 모른다는 불안이 늘 따라다녔을 테니까요.

현대를 살아가는 우리는 과학의 발달 덕분에 쓸데없는 걱정을 하지 않아도 괜찮아졌습니다. 의학의 힘을 빌리면 대부분의 병은 치료할 수 있게 되었지요. 제가 막 의사가 되었을 때는 절대로 못 고쳤던 소아 백혈병도 지금은 70퍼센트나 되는 확률로 완치할 수 있게 되었으니 굉장한 일입니다.

하지만 저는 아무래도 옛날 사람인지라 마음의 영역에는 조상의 지혜를 본받아야 하는 부분이 아직까지 많이 남아 있다고 생각합니다.

'오쿠이조메'라는 의식이 있습니다. 생후 백 일 무렵 아기를 위한 밥상을 차려서 어른과 같은 음식을 먹이는 의식입니다. 목을 꼿꼿하게 가누기 시작하는 무렵이라서 '백 일의 목 가누기百日の首すえ'라고 부르는 경우도 있는 모양입니다.

백 일 무렵은 아직 이유식도 시작하지 않는 시기이니 어른과 같은 음식을 먹인다고는 해도 밥풀을 한 알씩 입에 넣고 젓가락으로 국물을 핥게 하는 정도입니다.

밥상에는 머리와 꼬리가 온전히 붙어 있는 생선과 팥밥, 조약돌을 올리는 게 관례인 모양입니다. 조약돌은 이가 튼튼해지기를 비는 것이라고도 하고 출산의 신을 상징한다고도 합니다. 물론 아기용 젓가락과 밥그릇도 준비하고요. 그러고 보면 자기 전용 젓가락과 밥그릇을 가지는 습관은 일본 특유의 것일지도 모릅니다. 소중히 여기고 싶은 마음입니다.

우리 집 아이들에게도 분명 '오쿠이조메' 비슷한 의식을 치러줬을 텐데, 별로 격조가 높지 않았던 탓인지 잘 기억이 안 납니다.

가장 뚜렷하게 기억하는 것은 병동에서 치렀던 마아의 오쿠이조메입니다.

구관 6층에 있는 소아병동의 유아병실 한구석에서 살며시 치른 축복 의례였습니다.

마아는 태어나자마자 '선천성 백혈병'이라는 성가신 병을 선고받았습니다. 백혈병 중에서도 여전히 치료가 어려운 병입니다.

마아의 아버지는 신장 센터의 혈액 투석 기사였습니다. 조용한 분이었지만 의료 관계자인 만큼 병의 진행 과정에 대해서도 잘 이해하고 계셔서 동요하는 가족들을 능숙하게 이끌어 주셨지요.

귀하디귀한 하루하루가 흘러가서 3개월째로 접어든 무렵에는 혈액 속에 백혈병 세포가 보이지 않게 되었습니다. 병세가 완화된 것입니다. 마아도 항암제 부작용으로 머리카락이 빠져 머리가 반들반들한 상태이긴 해도 완전히 기운을 되찾았습니다. 얼러주면 방긋방긋 웃었습니다.

그러던 어느 날, 할머니가 '오쿠이조메' 밥상을 차려왔습니다. 축하를 하지 않고서는 못 배겼던 주위 사람들의 마음이 아플 정도로 잘 느껴졌습니다.

인간 세상에 태어나서 한 달, 두 달, 세 달 하며 살아온 하루하루의 무게를 되새기게 했던 마아의 첫 번째 축일이었습니다. 화려한 밥상을 발견한 의사와 간호사 몇몇이 "축하해" 하고 가만히 인사를 건네며 싱글벙글 그 곁을 지나갔습니다.

두 번째 축일은 첫 단고노셋쿠*였습니다. 침대 선반에 작은 잉어 깃발이 걸렸습니다. 그 무렵에는 마아도 앉을 수 있게 되었습니다.

다행히도 첫 번째 생일은 그럭저럭 집에서 치를 수 있었습

---

* 5월 5일에 남자아이의 건강을 기원하며 잉어 깃발을 장대에 매다는 축제.

니다. 그러나 마아의 병은 역시 만만치 않아서 두 번째 생일은
결국 오지 않았습니다.

장례식은 병동 담당자였던 젊은 의사와 함께 갔습니다. 안
내판을 따라 마아의 집을 찾았더니 그곳은 상점가의 목욕탕이
었습니다.

남탕 쪽이 입구로 꾸며져 있었습니다. 접수를 하고 안으로
들어가자 욕탕에 뚜껑을 덮고 그 위에 마련한 훌륭한 제단이
보였습니다. 조문을 한 뒤 목욕탕 카운터 앞의 쪽문을 통과해
여탕 쪽으로 나가자 소금을 뿌리는 장소가 준비되어 있었습니
다.

제대로 된 장례식이구나 하고 생뚱맞은 부분에서 감탄했던
것을 기억합니다. 나중에 마아의 할머니께 여쭤봤더니

"상점가 목욕탕집의 장례식은 옛날부터 그랬어요"

라고 가르쳐주셨습니다.

어머니와도 소금 뿌리는 곳에서 이야기를 나눴습니다.

"병원에는 싫은 기억만 잔뜩 쌓여 있을지도 모르지만, 근처
에 오실 일이 있다면 잠깐이라도 들러주세요."

"네, 물론이죠. 아이를 잃은 분들은 다들 병원에 발을 들여놓
기 꺼리는 모양인데, 우리 경우엔 마아가 대부분 병원 안에서

생활했으니까요…… 즐거운 추억도 전부 그 건물 안에 있어요. 그러니 꼭, 가끔씩 찾아뵙고 싶어요."

그 이야기를 듣고 저도 모르게 눈물이 나올 것 같아서 밖으로 나갔습니다.

길에서 수건과 비누가 든 세숫대야를 부둥켜안은 할아버지와 부딪칠 뻔했습니다.

"아이구 저런, 목욕탕은 휴일인가. 장례식이라면 어쩔 수 없지. 그런데 할아버지인가, 아니면 할머니인가? 몸져누웠다는 얘기는 여태 못 들었는데."

"갓 돌 지난 손자분이에요."

"아아, 딱하게도. 안됐군 그려. 그런데 손자가 있었던가?"

'동네 사람들도 마아의 존재를 모르는구나.'

정말이지 덧없다고 생각했습니다. 아주 살짝, 그러나 무척 새빨갛게 남아 있는 노을이 보였습니다. 그날 오쿠이조메 밥상의 팥밥 옆에 곁들여져 있던, 할머니가 직접 만든 조림 속 당근의 붉은색이 떠올랐습니다.

+++ 만두

S는 한 대학병원에서 우리 병원으로 옮겨온 중학교 1학년
짜리 남자아이이었습니다. 아이 중에서는 극히 드문 폐암이었고,
게다가 이미 손 델 수 없을 정도로 병이 진행된 상태였습니다.

온몸의 뼈로 전이되어 고통이 극심한 데다, 폐에는 물이 차
서 숨 쉬기 힘든 것도 문제였습니다. '생활의 질'을 높이기 위
해 호스피스 케어를 하는 것이 우리 병원으로 옮긴 주된 목적
이었으니 충분한 모르핀으로 아픔을 완화시켰습니다. 숨 쉬기
힘든 증상에는 폐에 고인 물을 때때로 빼주고 산소를 들이마
시게 하며 대응했습니다.

S는 자신의 병이 낫지 않는다는 사실을 알고서 아버지, 어머
니와 함께 집에서 지내고 싶다고 강하게 희망했습니다.

1990년의 일입니다. 우리 병원에서는 그 6, 7년 전부터 소아과 영역의 터미널 케어(종말기 환자를 보살피는 것)에 본격적으로 돌입했는데, 완전히 마지막 순간까지 집에서 간호하는 시도는 성공하지 못하고 있었습니다. S와 부모님의 바람은 절실했습니다. 가능하면 그 바람을 이루어주고 싶다고 생각하던 차에 '재택 케어' 연구비를 받았습니다. 때마침 소아과 외래에서 근무하던 간호사 가운데 이제 막 전업주부가 되어 시간이 충분한 사람이 있었습니다. 또 신기한 인연으로 그분의 남편이 S의 학교 선생님이었지요. 이를 계기로 부탁을 드려서 도움을 받으며 본격적인 '재택 케어'를 시작했습니다.

그런데 제가 왕진가는 시간대는 통상적인 업무가 끝난 뒤라서 아무래도 저녁 식사 시간과 겹치고 말았습니다.

어머니는 요리 실력이 무척 좋았고, 뛰어난 솜씨로 거절할 틈도 없이 재빨리 저녁 식탁을 차려주셨습니다. 허기에 진 저는

"이렇게 신경 써주시면 죄송한데요……"

라고 말하면서도 맛있게 얻어먹는 것이 예사였습니다.

때로는 병문안 오신 학교 담임 I 선생님과도 자리를 함께했습니다. 한번은 같이 만두를 얻어먹었지요. I 선생님도 저 못지않은 대식가였습니다. 둘이서 커다란 접시 가득 쌓인 만두를

와구와구 먹으며

"S, 맛있단다"

하고 자극해봤지만 S는

"다 드셔도 돼요"

라며 역시 식욕이 없는 모습이었고, 결국 우리는 유혹에 성공하지 못한 채 둘이서 깨끗하게 접시를 비웠습니다.

그로부터 열흘도 채 지나지 않아서 S는 결국 상태가 나빠졌습니다.

"S는 제가 깜짝 놀랄 만큼 애쓰고 있어요. 하지만 폐는 암세포로 가득합니다. 공기가 들어갈 자리도 없어지고 있고요. 산소마스크로 산소를 넣어주고는 있지만 언제 숨이 멎거나 심장이 멈춰도 이상하지 않은 상태입니다.

혹시, 만에 하나, 저도 간호사도 없을 때 S의 숨이 멎어도 당황하지 마세요. 조용히 손을 잡아주세요. 만약 무언가를 꼭 해야겠다면 입으로 두세 번 숨을 불어넣어보세요. 맥이 짚이지 않는다면 가슴 한가운데를 주먹으로 통통 두드려 보시고요. 하지만 그리 되었다면 아마도 원래대로 돌아오는 일은 없을 겁니다. S의 고통도 이로써 끝이에요. 이제 슬슬 편안해져도 좋을 때인지도 모르지요."

아무도 쓰지 않게 된 S의 공부방에 들어가서 문을 잠그고 아버지에게 이야기했습니다. 아버지가 크게 고개를 끄덕이며 들어주는 모습을 보자니 가슴이 메어 제 눈에도 눈물이 차올랐습니다.

그로부터 얼마 뒤 S는 세상을 떠났습니다.

"만두를 먹었던 그날 일을 혹시 기억하세요? I 선생님하고 같이요."

2년 정도 지난 어느 날, S의 집 근처에 갈 일이 생겨서 연락을 드린 뒤 분향하러 들렀을 때 어머니가 말해주셨습니다.

"선생님들이 맛있게 드신 게 그 애는 기뻤는지 무척 기분 좋아했어요. 꾸벅꾸벅 졸다가 밤중에 눈을 뜨더니……"

S는

"엄청 맛있어 보이던데 나도 먹어볼래"

라며 어머니에게 만두를 만들어달라고 했다 합니다. 만두소 재료는 냉장고에 조금 남아 있었지만 만두피는 죄다 써버렸습니다. 근처 편의점에 가려 해도 아버지가 때마침 일 때문에 집에 오지 않는 날이라서 자가용도 쓸 수 없었습니다. 어머니는 한밤중 부엌에서 밀가루를 반죽해서 만두피를 몇 장 만들었습니다.

노릇노릇 구운 만두를 괴롭게 색색거리며 먹는 S에게 어머니가

"급하게 만들어서 별로 맛이 없을지도 몰라, 미안해"

라고 했더니, S는 싱긋 웃으며

"지금까지 먹어본 엄마 만두 중에 제일 맛있었어"

라고 대답했다고 합니다.

"우리 아들이 너무 귀여웠어요. 이렇게 빨리 이별해야 하는 건 괴롭지만, 13년 동안 이 아이의 엄마로 지낼 수 있어서 다행이라고도 생각했답니다."

어머니는 아주 기뻐 보였습니다.

+++ 삶의 낙

아이들의 삶의 낙은 무엇일까 생각해볼 때가 있습니다.

집에서 죽음을 눈앞에 둔 아이들에게는 지금 무엇이 가장 즐거운지, 무엇이 가장 큰 삶의 낙인지를 조사한 적이 있습니다.

마미의 병은 신경모세포종이라는 소아암이었습니다. 신장 옆에 있는 부신이라는 곳에 잘 생기는 암이지요. 마미는 그 소아암이 온몸에 퍼져서 화학요법을 얼마 동안 시도해본 뒤 어떻게 할지를 정하기로 하고 근처 대학병원에서 치료를 시작했습니다. 마미는 응석꾸러기 외동딸이어서 입원한 날부터

"집에 갈래"

라는 말을 입에 달고 지냈습니다. 그래도 어르고 달래서 일

년 동안 어찌어찌 입원 치료는 계속했지만 암은 사라지지 않았습니다.

병원을 싫어하는 마미를 위해 주치의는 외래로 할 수 있는 비교적 편한 화학요법으로 치료법을 바꾸었습니다. 그 무렵은 부모님에게 완치 가능성이 없다는 것을 이미 설명해둔 뒤였습니다.

그러나 얼마 지나자 고통이 심해졌고 집에 있는 것도 어려워져서 제 선배인 주치의가

"다소 힘들겠지만 호소야의 병원에서 고통을 좀 줄여줬으면 좋겠어"

라며 전화를 걸어왔습니다.

아버지를 병원으로 불러서 이야기했습니다.

"대학병원의 T 선생님에게도 이야기를 들었습니다. 이제 마미의 병을 뿌리 뽑는 건 힘듭니다. 어쩌면 병의 기세를 억누르는 것도 어려울 수 있고요. 하지만 이건 저희 의료진이 마미와 부모님을 포기했다는 뜻이 아닙니다. 이제까지와는 좀 다른 시각으로 바라봐야 할 시기예요.

앞으로는 마미를 위해 아프지 않고 괴롭지 않은 좋은 시간을 되도록 많이 만들어야 합니다. 그것이 앞으로 할 수 있는 최선의 방법인 것 같습니다. 의료진이 해줄 수 있는 일은 아직 많

이 남아 있거든요."

마미를 일단 우리 병원에 입원시켰습니다.

터미널 케어의 원칙은 이야기를 자주 나눌 것, 불필요한 검사나 치료를 하지 않을 것, 고통을 없애줄 것 등입니다. 진통제인 모르핀의 양을 정하는 단계에서는 병원을 싫어하는 마미도 아직 얌전했지만, 다음 날이 되자 벌써 본모습을 드러내기 시작했습니다.

곧 고통을 통제할 수 있게 되어서 외박을 시도해봤습니다. 걱정하던 부모님도 3, 4일간의 외박을 두 번 정도 반복하고부터는

"집에 있는 쪽이 마미도 편하고 저희도 안정돼요"

라고 말했습니다. 이제부터 재택 케어 시작입니다. 우리 병원에는 방문 간호과가 있습니다. 베테랑이 모여 있는 그 과의 간호사가 우리와 팀을 꾸려서 연락을 주고받으며 일주일에 몇 번 마미의 집에 찾아갔습니다. 집으로 돌아가고 얼마 지나자 고통은 거짓말처럼 사라져서, 가끔은 휠체어를 타고 바깥 경치를 구경할 수 있을 정도가 되었습니다. 그러나 병은 점점 진행되었습니다.

한 달 만에 마미는 숨 쉬기가 괴롭다고 호소하게 되었고, 산소 호흡기를 써야 할 정도로 약해졌습니다.

그런 마미의 삶의 낙은 점심 급식이었습니다. 마미가 다녔던 초등학교는 집 바로 근처여서 점심시간을 알리는 종소리도 들립니다. 담임 선생님의 배려로 어머니가 그 시각 학교에 가면 그날의 급식을 받을 수 있었습니다. 마미는 그 시간을 몹시 기다렸습니다. 단 하나라도 모두와 같은 행동을 한다는 느낌이 마미에게는 무엇보다 기뻤던 것입니다.

마미의 상태가 나빠진 것은 한밤중이었습니다. 환타를 마시고 싶어 해서 먹였더니 토하다가 조금씩 지쳐갔던 모양입니다.

"마미, 얼마나 애써야 할지는 신이 정해주신단다. 신은 견딜 수 있을 만큼의 고통만 주시거든. 그러니까 걱정할 필요 없어. 더는 못 참겠다는 생각이 들면 분명 편해질 거야."

마미는 크게 고개를 끄덕였습니다. 신의 요청은 그로부터 3시간 정도 더 참는 것이었습니다.

삶의 낙이 담배와 파칭코인 아이도 있었습니다.

소아과에서 담당하는 연령대가 사춘기까지로 넓어져서 스물다섯쯤 되는 환자도 드물지 않아지고 있습니다. 아이들의 삶의 낙 중 하나로 담배와 파칭코가 들어가도 어쩔 수 없는 노릇이지요.

아케미는 제가 가장 오랫동안 교류한 환자 중 하나입니다.

열 살이었던 아케미가 왼쪽 넓적다리에 응어리가 생겨서 입원한 것은 1975년이었습니다.

제가 소아과 의사가 된 지 아직 3년째였던 무렵입니다. 적출한 종양을 병리부에서 검토했습니다. 진단은 '포상연부육종'. 매우 희귀한 악성종양입니다. 천천히 커지는 몹시 질 나쁜 육종이지요. 소아종양 중에서는 특이한 존재로 항암제도 방사선도 소용없습니다. 폐로 전이를 일으킨다는 사실이 알려져 있지만 그래도 아주 천천히 커지기 때문에 5년 생존율은 50퍼센트 정도로 그리 나쁘지 않습니다.

첫 수술 뒤 화학요법을 실시했음에도 불구하고, 일 년 반 정도 지난 시점에서 예측대로 폐로 다발전이가 일어났습니다. 아케미의 집은 상점가에 있는 우유 가게였습니다. 아버지와 어머니도 상가회의 회장 같은 분위기를 풍기는 분들입니다.

"알겠습니다. 금방 상태가 나빠지는 게 아니라면 이대로 평범한 생활을 하게 둘게요."

아케미는 혈액 외래를 받으러 오게 되었습니다. 그로부터 얼마 뒤 저는 일본을 떠나 소아암 공부를 하러 미국으로 건너갔습니다. 그래서 아케미의 중학교 시절은 모릅니다. 하지만 미국에 있는 동안에도 아케미의 병은 몹시 신경 쓰였습니다. 여러 선생님을 직접 만나 이 종양의 특효약을 알아내려 했지만 역시 모두가 고개를 가로저을 뿐이었습니다. 그러나 과연 미국 최고의 규모를 자랑하는 MD 앤더슨 암센터였습니다. 기록실에는 그때까지 서른 명 정도의 '포상연부육종' 기록이 등록되어 있었습니다. 그 기록을 조사해봐도 역시 뾰족한 수는 없었지만요.

3년 뒤, 제가 일본으로 돌아오자 아케미는 이미 완전히 아가씨가 되어 있었습니다. 미용학교를 다닌다며 엄청나게 화려한 모습으로 혈액 종양 외래에 가끔 나타났습니다. 하지만 속은 어릴 때 그대로였지요.

얼마 뒤 학교도 그만두고 미용실에서 조수로 일했다가 신주쿠 가부키초의 스낵바*에서 일하는 등 눈이 핑핑 돌아갈 정도로 직장을 바꿨습니다.

"선생님도 한잔하러 오세요"

라는 말도 들었는데 아케미의 직장을 엿볼 기회를 한 번도 만들지 않았던 것이 지금은 몹시 유감스럽습니다.

폐의 전이소轉移巢**는 느긋하게 숫자를 늘리며 커져갔습니

---

* 카운터가 딸려 있는 음식점. 일본에서는 대개 여성이 카운터 너머로 접객을 하는 술집을 가리킨다.

** 암세포가 옮겨 가서 처음 생긴 부위와 같은 암이 발생한 부위. 암세포의 전이는 원발소原發巢에서의 이탈로 시작해 전이소에서 증식한다.

다. 한편 아케미가 스물세 살이 되자 복병이 나타났습니다. 췌장 전이와 그에 따른 황달 증세가 나타난 것입니다. 폐 전이는 숨쉬기가 곤란해진 것도 아니고 다른 불편도 없었지만 뱃속 문제는 어떻게든 해결해야 합니다. 휘플 수술이라는 대수술을 시행하여 병터는 잘 잘라냈습니다.

그 무렵 아케미가 했던 말이 있습니다.

"나는 병에 걸려서 다행이라는 생각이 들 때도 있어요. 이 고통을 뛰어넘으면 큰 즐거움이 기다리고 있을 것 같거든요."

그러나 그 뒤 간에도 전이된 것이 발견되었습니다.

아케미에게는 그때마다 무슨 일이 일어나고 있는지 말해줬는데, 배짱 두둑한 여자아이이어서 별로 동요하는 일은 없었습니다. 단, 스물여섯 살 직전 콧속에 큰 종양이 생겼을 때는 파랗게 질려서 크게 소란을 피웠습니다.

"얼굴이 제일 중요하단 말예요."

결국 본인의 기대대로 수술을 받아서 몹시 만족했지만요.

하지만 그로부터 일 년 뒤에는 간, 비장, 신장, 폐, 코 안으로 전이되어 이제 수술할 수도 없어졌습니다. 아케미도 벌써 스물여덟 살이 되었습니다.

온몸의 고통이 심해져 외래에 오는 것도 힘들어져서, 모르핀이 서서히 나오는 약을 써서 집에서 보살펴주도록 방문 간호과에 부탁했습니다. 간호사들의 헌신적인 간호 덕분에 약 반 년 동안 아케미는 집에서 지낼 수 있었습니다. 담배와 파칭코 가 아케미의 삶의 낙이었습니다. 기운이 날 때는 휠체어로 파 칭코 가게에 갔고, 재택 산소 요법을 시작한 뒤로도 산소 봄베 뒤에 숨어서 담배를 피우고는 해서 허겁지겁 끄라고 한 적도 있었습니다. 누가 뭐라 해도 잊을 수 없는 아가씨입니다.

세상을 떠나던 날 동 틀 무렵에 상태가 이상해졌는데, 곁에 있던 여동생이 간호사에게 전화를 거는 소리를 듣고

"날이 밝은 뒤에 해도 되잖아"

라고 말하고는 얼마 뒤 숨을 거두었습니다.

그 뒤 아케미의 무덤을 한 번 찾아갔습니다. 꽃을 가져가는 것을 잊어버렸습니다. 문득 주위를 둘러보자 절의 부엌 앞에 수선화가 잔뜩 피어 있었습니다.

"좀 실례할게요. 죄송합니다."

두세 송이 꺾어서 무덤에 바쳤습니다.

"선생님도 제법이시네요"

라고 말하는 아케미의 목소리가 들린 듯했습니다.

아무리 토해도 디즈니랜드에 가면 싹 낫는 아이, 숨 쉬는 것 도 괴로워하면서 친구와 게임으로 대결하는 아이 등등 다양한 아이가 있었습니다. 아이들 하나하나가 저마다 다른 삶의 낙을

가지고 짧은 생을 현명하게 살아냈습니다. 아이들의 삶의 낙이 어른보다 더 다채롭다는 데 저는 놀랍니다.

+++ 아이와 놀이

어린 시절처럼 정신없이 놀 수 있으면 좋겠다고 생각할 때가 있습니다. 저도 나이를 먹은 거겠지요. 전후에 태어난 우리 단카이 세대*도 드디어 쉰 살이 넘었습니다.

1945년. 전쟁이 끝나 병사들은 기진맥진 고국으로 돌아왔습니다. 수도 도쿄는 불탄 벌판, 수많은 지방도시도 궤멸적인 공격을 받았습니다. 그 속에서도 인간의 삶은 계속되었고 숱한 부부가 새로이 생겨나 무수한 아기가 태어났습니다. 저도 그중 하나입니다. 거짓말 같은 실화입니다만 이웃 가운데 아기가 없는 집은 없었습니다.

---

* 1947~1949년에 태어난 일본의 베이비붐 세대.

예전에 저와 나이가 같은 채플렌chaplain(병원에 소속된 목사)이 역시 동갑이었던 죽은 이를 위해 쓴 추도문 속 한 구절입니다.

단카이 세대인 우리는 콩나물시루 교실에서의 교육, 수험 전쟁, 집단 취직, 1960, 1970년의 안보투쟁* 등의 시련을 겪으며 나름대로 애써왔다.

그러나 우리 세대 사람이 이루어낸 업적 가운데 가장 손꼽을 만한 것은 전후 사람들이 의욕을 잃었던 시기에 생명을 얻어 이 세상에 단카이로 나타나서, 아기 울음소리와 웃음소리로 온 일본을 가득 채워 주위 사람들에게 다시 한 번 일어서자는 기운을 불어넣은 것이다.

그야말로 맞는 말입니다. 여기저기 널려 있던 공터에는 해가 질 때까지 반드시 아이들의 노는 모습이 있었고 밝은 웃음소리가 있었습니다. 저도 정말 많이 놀았습니다. 학교에서 돌아오면 현관에 책가방을 내팽개친 채 친구 집에 모여서 매일매일 질리지도 않고 뒤쪽 개울에 고기를 잡으러 갔습니다. 즐

---

* 미일안전보장조약에 반대하는 일본 역사상 최대 규모의 반정부 반미운동.

거운 고기잡이의 나날이었습니다.

골목대장이 그물을, 2인자가 '고기몰이 봉'이라는 도구를 듭니다. 이 봉은 두꺼운 대나무 장대 끝에 고등어 통조림 따위의 빈 캔을 철사 두세 가닥으로 매단 것입니다. 3인자는 양동이를 듭니다. 그물을 드는 건 거의 골목대장으로 정해져 있었지만 '고기몰이 봉'과 양동이는 그날 모두의 기분에 따라 달라졌습니다. 가끔은 제게도 그 역할이 돌아왔습니다.

목표 지점에 도착하면 좁다란 개울을 가로막는 듯한 형태로 하류 쪽에 그물을 설치합니다. 활 모양으로 구부린 일반 나무나 대나무 틀에 묶은 그물은 때로는 개울 폭보다 좀 더 큽니다. 그럴 때는 그물을 살짝 비스듬하게 설치합니다.

'고기몰이 봉'을 든 아이가 상류에서 봉을 휘저어 개울 양쪽 끝의 우거진 수초 속에 숨어 있는 물고기를 찰박찰박 몰아냅니다. 그물을 거는 위치와 '고기몰이 봉'을 휘젓기 시작하는 위치 사이의 거리가 '어획량'을 좌우하는 큰 요소였습니다. 이 구간이 너무 짧으면 고기가 그리 많지 않고, 그렇다고 너무 길면 영리한 물고기들이 '고기몰이 봉' 사이로 빠져나가 상류로 달아나버립니다.

우리들의 골목대장도 몇 대가 바뀌었는데, 그중에서도 '마사유키'가 고기잡이의 달인이었습니다. 마사유키가 그물을 들어

올리면 붕어, 잉어, 메기, 미꾸라지가 진흙과 뒤섞여 튀어 올랐습니다. 때로는 배에 검붉고 섬뜩한 반점이 있는 도롱뇽이 잡혔고, 큰비가 내린 뒤에는 어느 집 연못에서 도망친 금붕어가 잡히기도 했습니다. 꿈같은 시간이었지요.

"매일매일 엉덩이를 거꾸로 들고 놀러 다니면 머리가 텅텅 비어버린단다, 참말이야."

어머니께 이렇게 자주 꾸중을 들었습니다. 엉덩이를 거꾸로 들고 논다는 표현이 아무런 위화감 없이 그대로 이해되는 일상이었습니다.

아버지도 어머니도 민물고기 비린내를 싫어하셔서 우리 집 식탁에는 오르지 않았지만, 친구들 집에서는 미꾸라지나 메기가 저녁 반찬이 되었습니다.

놀이가 식생활과 밀접한 관계를 맺었던 것도 그 시대만의 특징일지도 모릅니다.

더 직접적으로 먹는 것 그 자체인 오락도 있었습니다. 야마가타의 명물 토란 삶기 대회입니다.

토란 삶기 대회가 열리는 날 아침이면 아이들은 미리 협의한 대로 각자의 준비물을 들고 집합 장소로 모입니다. 학교 행사로 열리는 토란 삶기 대회라면 물론 교정이지요. 커다란 철제 냄비를 들고 오는 아이, 집에서 쓰는 리어카를 빌려서 의기

양양하게 끌고 오는 아이, 땔나무 다발을 짊어지고 오는 아이도 있습니다. 재료인 토란, 파, 소고기, 곤약 등은 물론이고 간장이나 설탕도 다 함께 분담해서 가져옵니다. 그리고 절대로 잊어서는 안 되는 것이 밥을 꾹꾹 눌러 담은 알루미늄 도시락통. 토란 삶기 대회는 학교의 중요한 연중행사 중 하나입니다.

가장 상류의 강변을 향해 리어카와 아이들의 긴 행렬이 이어집니다. 훗날 〈금지된 장난〉이라는 영화에서 사람들이 전쟁을 피해 리어카 같은 것을 끌며 피난하는 장면을 보고 저는 토란 삶기 대회의 행렬을 떠올렸을 정도입니다.

맨 뒤에서 수위 아저씨가 물이 가득 담긴 큰 양동이를 실은 리어카를 끌고 옵니다. 목적지에 다다르면 아이들은 강변 전체로 퍼져서 그룹별로 장소를 정합니다. 데굴데굴 굴러다니는 돌덩이 가운데 적당한 모양으로 대여섯 개 골라서 아궁이를 만들고 불을 피웁니다.

그사이 다른 한편에서는 재료를 손질합니다.

큰 냄비를 아궁이에 걸치면 드디어 요리 시작입니다. 매우 간단한 조리지요.

고기를 스키야키처럼 재빨리 볶은 뒤 물을 가득 넣어 설탕과 간장으로 간을 하고, 끓어오르면 부유물을 퍼내며 토란과 손으로 찢은 곤약, 파를 넣고 보글보글 익히기만 하면 됩니다.

다 익을 때까지가 놀이 시간입니다. 억새 숲에서의 숨바꼭질, 얕은 개울에서의 송사리 잡기, 물수제비뜨기 등으로 눈 깜짝할 사이에 시간이 지나갑니다.

알루미늄 도시락통 뚜껑을 그릇 삼아 모두와 함께 먹는 토란국의 맛은 각별했습니다. 뜨거운 토란국과 찬밥의 조화가 절묘했지요. 의사가 되어서도 그 맛과 즐거움을 잊을 수 없어서 젊은 선생과 간호사를 모아 병원에서 토란 삶기 대회를 열었던 적이 있습니다.

그 무렵 성누가 국제병원에는 아직 이천 평 가까이 되는 정원이 있었습니다. 다들 몹시 좋아했던 것이 기억납니다.

'놀이'란 무엇일까요. 사전에는 '노는 것'이라고 되어 있습니다. '놀다' 항목에는 '명령 강제나 의무로 하는 게 아니라 자신이 하고 싶다고 생각하는 일을 하며 시간을 보내는 것' 혹은 '업무를 하지 않고 시간을 보내는 것'이라고 나와 있으며, 마지막에는 '학예를 갈고닦기 위해 타향으로 가는 것'이라는 설명도 덧붙여져 있습니다.

업무나 공부를 하지 않고 자신이 하고 싶은 일을 하루 종일 하며 지내는 나날이 우리의 어린 시절에는 가득했습니다.

요즘 아이들의 실상을 생각하면 그런 날은 이제 사라져가는 것 같습니다. 어떻게든 해줘야 하지 않을까요.

+++ 밑칠의 색

어째서 의사가 되기로 마음먹고 의학부에 진학했는지 스스로도 의아하게 여길 때가 있습니다.

대대로 내과 의사 집안이었고, 아버지는 지금도 야마가타 공항 근처의 작은 마을에서 조그마한 의원을 꾸려나가고 있습니다. 하지만 부모님은 제게 의사가 되라고 권한 적이 한 번도 없었습니다. 저는 그 이유를 이제야 알 것 같습니다.

아버지는 이따금 자신이 되고 싶었으나 되지 못했던 다양한 직업에 관한 이야기를 들려주셨습니다. 일곱 개의 바다를 자유롭게 누비는 뱃사람, 어쩔 수 없이 죄를 저질러버린 이들을 위해 일하는 변호사, 수많은 영화를 보고 날카롭게 비평하는 영화평론가, 수행을 통해 거룩한 삶을 추구하는 선종 승려, 사막

위를 나는 파일럿. 이야기에 등장하는 것은 죄다 매력적인 직업이었습니다.

하지만 저는 결국 의학부에 들어갔습니다. 할아버지도 아버지도 피아니스트였던 사람이 자기도 모르는 사이에 피아니스트가 되어버리는 것과 비슷합니다.

대학교가 있는 센다이는 아주 좋은 고장이었습니다. 지금은 신칸센이 생겨서 꽤나 세련되어진 느낌이지만, 저는 촌티가 풀풀 나던 당시의 센다이를 그립게 추억합니다.

그룹 오프 코스의 멤버 오다 카즈마사 씨는 학부는 달랐지만 저와 같은 해에 도호쿠대학에 입학했습니다. 그는 어딘가에서 "센다이 역에 내리자마자 지독한 곳에 왔구나 싶었다. 그야말로 시골이었다"라고 말했습니다만, 도쿄에서 나고 자란 사람에게는 그렇게 느껴져도 어쩔 수 없는 고장이었습니다.

하지만 시골뜨기인 저에게는 딱 적당한 도회지였습니다. 책방도 찻집도 볼링장도 있는 데다 조금 걸어가면 가는잎할미꽃이 귀여운 꽃을 매달고 있는 들판도 남아 있었습니다.

＊　＊　＊

단단히 마음먹고 의학부에 입학하긴 했지만 의학과 직접 관계없는 일반교양 과정이 2년이나 계속되었습니다.

교양학부는 센다이성이 있는 야산 바로 아래의 가와우치라는 곳에 있었는데, 옛 일본군이 썼다가 진주군이 쓴 다음 매각한 낡아빠진 학교 건물이었습니다. 히로세 강이 바로 옆에서 흘렀지요.

천국 같은 생활이었습니다. 자전거로 가면 번화가인 히가시이치반초도 금방입니다. 갓 배운 마작에 푹 빠지고, 영화관에서 죽치고, 몹시 좋아하는 소설도 읽고 싶을 때 원 없이 읽었습니다. 스키부여서 겨울은 겨울대로 꽤나 바빴습니다.

그런 2년을 보낸 뒤에 들어간 전공 과정이었으니 상당히 강한 압박을 느꼈습니다.

대학병원 가까이에 있었던 메이지 시대의 건물에서 수업을 했습니다.

그 가운데서도 의학부에 입학했다는 것을 절실히 느꼈던 수업이 해부 강의였습니다.

이시이라는 젊고 열성적인 선생님이 해부 실습 담당교수였는데, 독일에서 유학하고 갓 귀국한 분이었습니다. 그 열의도 범상치 않았지만 마른 체격에 큰 키가 테 없는 안경에 등을 곧게 펴고 큰 목소리로 강의하는 모습과 어우러져 나치스 독일의 고급 장교가 연상되었습니다.

이시이 선생님은 실습을 시작할 때의 마음가짐을 첫째 날 들려주셨습니다.

"제군들, 의학부 학생은 돌아가신 분들의 소중한 몸에 메스를 대는 특별한 권리를 부여받았다. 그 점을 깊이 자각하며 열심히 하도록"이라는 짧은 훈시가 있었고, 실제 주의사항을 두세 가지 일러주신 것으로 기억합니다.

그런 다음 학생 모두가 큰 나무상자를 건네받았습니다. 마치 국제선 파일럿들이 쓰는 검은 가죽 가방을 한 단계 크게 만든 듯한 상자였습니다.

그 안에는 사람 뼈 실물이 한 세트, 한 사람분 들어 있었습니다. 두개골은 정수리가 열리도록 잘려 있었고, 척추뼈(추골)는 두꺼운 연줄로 꿰어져 식인종 추장의 목걸이 같은 형상을 하고 있었습니다. 흔들면 덜그럭덜그럭 소리가 났습니다.

들어보면 꽤 무거운 그 나무상자를 자전거 짐칸에 싣고 하숙집에 가져와서 당분간 동거하게 되었습니다.

뼈의 자잘한 요철 부분에는 각각 이름이 있습니다. 라틴어로 외워야 했지요. 이를테면 목뼈의 위쪽 앞부분에는 힘줄이 붙는 거칠거칠한 면이 있습니다. 일본어로는 경골조면, 라틴어로는 Tubemsitas tibiae. 제가 생각해도 잘도 외운 것 같습니다. 같은 표본을 쓴 선배들도 고생했던 모양인지, 제가 가져온 표본에는 손때 말고도 연필로 신경이 결합되는 홈을 따라간 흔적 같은 게 남아 있어서 왠지 마음이 놓이기도 했습니다.

어딘가에서 살았던 사람의 뼈로 공부하는 것이지만, 매일 쓰다듬고 만지다보니 익숙해져서 온종일 같이 있어도 조금도 꺼림칙하거나 무섭지 않게 되었습니다.

뼈와 함께 살고부터 얼마 뒤 해부 실습이 본격적으로 시작되었습니다. 역시 충격적인 체험이었지요.

부끄러운 일일 수도 있지만 저는 그때까지 인간의 시체를 본 적이 없었습니다. 아버지 쪽도 어머니 쪽도 장수하는 혈통이어서 양가의 할아버지와 할머니도 모두 건강하셨습니다. 죽음이라면 집에서 기르던 고양이나 개, 작은 새의 그것밖에 경험한 적이 없었지요.

그런 사람이 알코올 풀에서 갓 끌어올린 실습용 유체가 거의 서른 구씩이나 늘어서 있는 해부학 실습실에 갑자기 들어가야 했으니 쉬운 일은 아니었습니다.

도호쿠대학은 시체를 기증해주는 단체의 조직이 잘 짜여 있어서 실습용 시체는 충분했던 모양입니다. 한 구를 서너 명이 해부했습니다. 제 그룹은 세 명이었는데 저는 왼쪽을 혼자 담당했지요. 해부 실습 작업은 고고학의 유적 발굴과 비슷합니다. 메스와 가위와 핀셋으로 조심스레 조금씩 유체를 조사하며 기록해나갑니다. 우리 때는 마무리까지 거의 반년이나 걸렸습니다.

그 착실한 작업을 매일 반복하다 보니 '인간도 죽으면 그저 물체나 다름없어진다'라는 관념이 자연스레 제 안에서 생겨났습니다.

이는 매우 이상한 감각입니다. 수많은 사체에 일정 기간 노출되면 비로소 느끼는 감정 같습니다.

전쟁에서 살아남은 이들이나 길에서 쓰러져 죽은 이들이 온 거리에 넘쳐나는 나라의 사람이라면 또 모를까, 일본에서 이런 감각을 실감하려면 의학부에 들어가서 해부 실습을 일정 기간 경험하는 수밖에 없을지도 모릅니다.

그러다 보면 조금 비뚤어지는 작자가 나오는 것도 이상한 일은 아니지요.

다른 대학을 졸업한 친구에게 들은 이야기인데, 해부 실습도 익숙해져서 중반으로 접어든 무렵 귀 해부에 들어갔을 때의 일이라고 합니다.

학생 중 하나가 떼어낸 귓바퀴를 들고 벽으로 총총 걸어가더니 그 귀를 벽에 붙이고는 "벽에도 귀가 있다"라고 큰 소리로 외쳤다고 합니다. 교수는 불같이 화를 냈고 그 학생은 퇴학당했습니다.

아버지의 의대생 시절 친구에 관한 비슷한 이야기를 얼마 전에 들었습니다. 대학에서 그 학생의 하숙집까지 오는 지름길 도중에는 유곽이 있어서 호객꾼들 사이를 뚫고 지나가야 했습니다. 너무도 끈질기게 소매를 잡아끄는 호객꾼들에게 화가 난 그는 해부실에서 유체의 팔을 가져와서 교복 소맷부리 밖으로 꺼내고, 품속에 감춘 자신의 다른 한쪽 팔로 그것을 붙들고 평소 다니던 길로 걸어갔습니다. 호객꾼이 손을 잡아 끈 순간 잡고 있던 유체의 팔을 확 놓아버렸으니 큰일이 벌어졌겠지요. 주위는 야단법석이었습니다. 그 의대생은 꼴좋다는 듯 유유히 하숙집으로 돌아왔지만 역시 퇴학을 면치 못했다던가요.

그런 비상식적인 작자가 나와도 이상하지 않은, 모두가 위태로운 마음을 한구석에 품고 지냈던 시간이었던 것 같습니다.

지금 그 무렵의 허무감은 마음속 깊고 깊은 심연으로 가라앉은 듯합니다.

미국에서 지낸 3년 동안 담당 환자가 숨을 거두면 병리 해부를 하고 그 뒤 리포트를 작성하기 위해 병리부에 출입했습니다. 거기서 일하는 사람들과 교류하다 보면, 일종의 허무감이 밑바탕에 깔려 있다고 확신할 수 있는 기묘한 명랑함을 마주하는 경우가 종종 있었지요.

일본에서 살면 그것이 깊은 심연에서 표면으로 떠오르는 경우가 거의 없습니다. 일본에서는 환자가 숨을 거둔 뒤 병리 해부를 할 때면 병리부 사람 몇몇이 수술할 때와 같이 경건한 마음가짐으로 주도면밀하게 집도합니다. 그런데 미국에서는 장기를 떼어낸 뒤 병리학자가 혼자 컨트리뮤직을 들으면서 작업했으니 오히려 더 그런 느낌이 들었을 수도 있습니다.

어쨌거나 일반인과는 인연이 없는 이 어두운 감각은 마음속 깊은 곳에 얌전히 틀어박아두려 합니다. 제게는 분명 몹시 소중한 감각이지만요.

어딘가에서 읽은 글입니다. 옻칠 장인의 이야기라고 기억합니다.

"정말로 깊이 있는 붉은색을 내고 싶다면 밑칠을 할 때 검은색을 꼼꼼하게 발라야 합니다."

+++ 우로 카포네

일주일에 한 번 비행기를 타고 야마가타에 다녀옵니다. 거기서 아버지가 하시는 작은 의원에 소아과 외래 진료를 하러 가는 것이지요. 그 비행기 속에서 설문조사 용지를 받았습니다.

'한 달에 몇 번 정도 비행기를 이용하십니까?' '오늘 비행의 목적은 일입니까, 여가 활동입니까?'와 같은 흔한 질문의 마지막에 '직업은 무엇입니까?'라는 문항이 있었습니다. 선택지 가운데 의사라는 항목은 없었습니다.

'서비스업'과 '자유업' 사이에서 잠시 망설인 끝에 '자유업'에 동그라미를 쳤습니다.

'우리 직업은 대체……'

그때그때의 기분에 따라 서비스업에 동그라미를 치는 경우도 있습니다. 하지만 군이 말하자면 자유업이라고 주장하고픈 심정입니다.

하지만 아침 7시가 조금 지나서부터 한밤중까지 병원 안에 묶여 있으면서 뭐가 자유업인가 싶은 느낌이 안 드는 것은 아닙니다. 그래도 회사원과는 또 다르니 분류하기 까다로운 업종입니다.

자유업이라는 단어에는 관리당하지 않는다는 분위기가 떠돕니다. 그 점에 이끌리는 것인지도 모르지요.

초등학생 무렵부터 모두와 똑같이 관리당하는 것이 너무 싫었습니다. 하지만 어쨌거나 단카이 세대. 모두 함께 같은 것을 같은 시간에 하는 방식의 교육은 중학교에서 그 극한에 이르렀습니다. 사춘기의 영혼은 너덜너덜해졌지만, 그래도 찢어지지는 않은 채 학교를 계속 다녔습니다.

고등학교에 들어가자 상당한 자유가 인정되긴 했지만 그래도 여전히 관리당한다는 느낌이 들었습니다.

그래서 대학생이 되었을 때는 일률적인 관리로부터 해방되었다는 감격에 딱히 특별한 일은 없었지만 매일이 행복했습니다.

이제 '모든 부대 앞으로'라는 호령에 맞춰 줄줄이 같은 방향으로 걸어야 하는 일은 없으리라 믿었고, 의학부 6년 동안은 상당히 착실하게 공부했습니다. 의학부 전공 과정에서 배우는 지식에 한해 말하자면 훗날 도움이 되지 않는 쓸데없는 내용은 전혀 없다고 해도 좋을 정도입니다. 평생의 직업과 이 정도로 밀접하게 관련된 강의를 하는 학부도 드물지도 모릅니다.

6년의 꿈같은 생활이 끝나고 자신의 장래를 정해야 하는 때가 왔습니다. 전공 과목을 골라야 했지요.

저는 제 눈으로 확인해서 제 손으로 직접 병터를 제거할 수 있는 외과에 매력을 느꼈습니다.

제가 속해 있던 스키부를 돌봐주셨던 분이 외과 교수여서, 그 교실의 선생님들에게 "호소야는 당연히 외과로 오겠지?"라는 말을 매일같이 들었던 탓도 있습니다.

그러나 술꾼들이 모조리 모인 외과에 들어가서 선생님들께 술을 받아 마시다 보면 몸이 남아나지 않으리라고 생각했던 것이 첫 번째 걸림돌이었습니다. 그 무렵 저의 몸은 이상할 정도로 술이 받지 않았습니다. 다른 하나는 저의 쉽게 질리는 성격이었지요. 이것은 어린 시절부터 정평이 나 있었고 스스로도 자신했던 면입니다. 환자의 배를 열었는데 도중에 싫증이 나면 어쩌지 싶었습니다. 이제와 생각해보면 그야말로 착각이었지만, 당시의 저는 외과의의 필수 조건을 '끈기 있는 술꾼'이라고 생각했습니다. 이 조건에서 동떨어져 있던 저는 쉽사리 외과를 포기해버렸습니다.

실은 외과계 의국의 분위기 속에서 어린 시절부터 못 견디게 싫었던 관리의 냄새가 풍겼던 탓도 있었습니다.

비뇨기과에 S 교수라는 유명인이 있었습니다. 대머리에 커다랗고 새까만 선글라스를 쓴 채 언제나 몸에 딱 맞는 더블슈트 차림으로 강의를 하셨습니다. 살집이 좋았던 그 선생님은 비뇨기과Urology의 두목이어서 알 카포네에 빗대어 우로 카포네라고 불렸습니다. 찰떡같이 어울리는 별명이었습니다. 비뇨기과 무리들은 그 교수님과 학회에 갈 때면 모두 같은 더블슈트를 입는다는 소문이 나돌았습니다. 당시의 제게는 진짜처럼 느껴졌지요. 모두 같은 더블슈트 차림으로 학회장을 줄줄이 돌아다니는 모습이 머릿속에 떠오르자 몸서리가 났습니다.

대학 의국은 야쿠자 조직과 비슷하다고들 하는 것은 알고 있었습니다. 졸업이 눈앞으로 다가올수록 그 말이 그리 틀리지 않다는 사실을 점점 알게 되었습니다. 두목의 명령은 절대적입니다. 아랫사람의 아랫사람의 아랫사람까지 마음대로 움직일 수 있습니다.

교수가 두목으로서 절대적인 권력을 가지고 있고, 그 아래로 오른팔과 왼팔에 해당하는 조교수와 강사가 있습니다. 강사

중에서도 의국의 인사권을 쥐고 있는 의국장은 또 다른 권력 구조를 만들어냅니다.

이런 체질은 딱히 외과계 의국에 한정된 것이 아닙니다. 저는 소아과를 전공했지만 대학에 남아 수련했다면 교수의 생각 하나로 제 장래가 어느 정도 결정되었겠지요.

"자네는 대학에 남아서 혈액에 관한 연구를 하도록"이라거나 "자네는 시즈오카 병원의 소아과로 가도록"이라고 명령받는 것은 절대로 제 성격과 맞지 않으리라 생각했습니다.

다행히 저 같은 유형의 졸업생에게는 대학을 일단 떠난 뒤 직접 수련할 병원을 골라 신청해서 취직하는 '외로운 늑대 코스' 혹은 '방랑자 코스'라는 길이 남아 있습니다. 이 길은 다소 고되지만 관리당하는 것이 싫은 사람에게는 추천할 만한 코스입니다.

저는 이 '외로운 늑대, 방랑자' 코스를 선택해서 다행이었습니다.

의사가 된 지 20년이나 지나서 또다시 의학계의 권력 구조에 대해 생각하게끔 만드는 일과 부닥쳤습니다.

'젠장, 역시 야쿠자의 세계랑 비슷하잖아'

하고 생각했습니다.

자유업에 동그라미를 치긴 했지만 역시 의사는 자유업이라고는 할 수 없겠구나, 하며 야쿠자를 떠올렸습니다.

그들은 사실은 자유업이면서 이런 설문조사에는 회사원이라고 대답하겠지요. 저도 모르게 쿡쿡 웃고 말았습니다.

+++ 내과 의사와 소아과 의사

아버지는 내과 의사입니다. 할아버지도 내과 의사였습니다. 제가 소아과 의사가 되기로 결심했을 때 아버지는 그다지 찬성하지는 않았습니다.

"누가 뭐라 해도 진료해야 할 사람 수가 많은 건 내과야. 게다가 소아과는 내과에 비해 생활도 고달프지. 시간적으로나 경제적으로나 말이다."

그때 아버지의 조언이 핵심을 찌르고 있었다는 사실을 뼈저리게 느낄 때가 그 뒤 몇 번 있었습니다.

먼저 수련의로 일하던 무렵, 내과에서 수련하던 친구와 이야기를 나누다 역시 내과로 갈 걸 그랬다 싶었던 적이 있었습니다.

그들이 매일 일을 통해 만나는 건 인생 경험이 풍부한 사람들이니 다양한 지혜를 전해주는 환자가 많은 모양입니다. 업적을 쌓고 명성을 떨친 사람들의 삶과 죽음에 대한 이야기를 햇병아리 내과 의사에게 전해 들으며 햇병아리 소아과 의사는 초조해졌습니다.

매일 아이들과 어울리며, 부모가 아이들을 어떻게 걱정하는지를 느끼면서 시간이 흘렀습니다. 인생의 달인이라 여길 만한 분과는 거의 만나지 못하는 나날입니다.

초조함을 달래려고 책을 꽤나 읽었습니다. 어른의 사색을 접하지 못해 걱정되었기 때문입니다. 그러던 중 아주 중요한 사실을 하나 깨달았습니다. 소아과 의사에게만 주어지는 특전에 관한 것입니다.

바로 소아과 의사는 아이들과 생활함으로써 자기가 살아온 과거를 어린 시절까지 거슬러 올라가 몇 번이나 다시 체험할 수 있다는 특전이지요. 내과 의사에게는 불가능한 경험입니다.

병든 아이들의 이야기를 듣고 진찰할 때면 그 나이 때의 자신이 불쑥 고개를 내밉니다. 그리고 지금의 자신에게 여러 이야기를 건넵니다.

그것을 몇 년이나 계속하다 보니 스스로가 조금씩 어른이 되어가고 있다는 사실을 깨달았습니다.

내과 의사가 앞으로 자신이 걸어갈 길을 매일 제시받으며 어른이 되어가는 것과는 완전히 다른 경로를 통해 이런저런 일들을 사색하는 사람이 소아과 의사라고 느꼈을 때, 역시 소아과를 선택해서 다행이라는 생각이 들었습니다.

하지만 일본의 의료는 역시 어른, 특히 노인을 중심으로 꾸려져 있습니다. 소아 의료는 경제성이 없어서, 병원이 돈벌이에 집중하며 기업 논리를 꺼내들면 잠시도 못 버티고 쓰러져버릴 만큼 연약합니다.

병원에 여전히 소아과 의사가 적을 수밖에 없는 사회 제도에는 화가 납니다. "아이는 미래다"라고들 하지만 이 말을 국민 전체가 다양한 입장에서 이해할 필요가 있습니다.

내과 의사인 아버지는 올해로 여든여섯입니다. 다리가 조금 약해지시긴 했지만 야마가타 공항 근처의 가호쿠초라는 동네에서 아직 작은 의원을 꾸려나가고 있습니다.

제가 일주일에 한 번 아이들을 진료하러 그곳에 간 지도 벌써 10년 가까이 되었습니다. 아르바이트도 겸한 효도입니다.

내과 의사로서 지역 사회에 뿌리내린다는 것은, 오래 살 경우 자신과 같은 세대 사람들의 죽음을 차례차례 지켜봐야 하는 일이라는 사실을 아버지를 통해 알게 되었습니다.

칸막이 하나를 사이에 둔 진료실에서 함께 일하는 것이니,

제 진료 방식을 아버지가 알게 되는 대신 아버지가 하는 말도 들립니다. H 아저씨라는 아버지의 초등학교 동창이 자주 병원에 왔습니다.

"혈압이 좀 높은 정도로 이렇게 먼 데까지 오지 말게. 더 가까운 곳에도 의사는 얼마든지 있으니까. 이리로 오는 도중에 자빠져서 죽기라도 하면 싫단 말일세."

"또 그런 소리를…… 호소야 선생한테 진료를 받아야 안심이 되니까 어쩔 수 없잖아."

"자네가 오면 내가 불안해진다고."

"허허허."

아버지는 진료실에서 나와서 안채 쪽으로 가버렸습니다. 이 H 아저씨는 젊은 시절부터 아버지의 마작 동료인데 저와도 자주 놀아주셨습니다.

"먼 데까지 와서 들볶이고, H 아저씨도 힘드시겠네요."

제가 말을 걸자 H 아저씨는 주름투성이 얼굴에 역시 주름투성이 미소를 만들며

"아니여, 아니여, 벌써 초등학생 때부터 70년도 넘게 들볶이고 있으니까 아무렇지도 않어"라고 대답했습니다.

그런 H 아저씨도 2년쯤 전에 돌아가셨습니다. 작년 겨울에는 가장 사이가 좋았던 동갑내기 개업의 선생님도 먼저 보내

서 아버지는 단번에 나이가 든 것 같습니다.

　동업자로서 아버지의 감회를 잘 이해하는 나이가 되자, 역시 소아과를 선택해서 다행이라는 생각이 듭니다.

여름

summer

+++ 진료 기록

진료 기록은 영어로 차트라고 합니다. 오래된 차트를 뒤적여 여러 데이터를 모아서 병을 연구하는 작업인 차트 리뷰는 임상의에게 몹시 중요한 업무입니다.

그런데 그 작업을 하다 보면 몇몇 부분에서 울화가 치밉니다. 우선은 차트의 글씨가 지저분합니다. 글씨를 너저분하게 쓰는 게 의학부에 들어가기 위한 필수 조건인가 진심으로 생각할 정도로 지저분하고 읽기 힘든 글자가 많습니다. 또 쓰여 있는 내용이 무미건조하고 따분합니다. 임상의의 생활은 매일이 드라마의 연속일 테지만, 패턴화된 기록만 보면 몹시 지루합니다.

그래서 뜻밖의 걸작을 만나면 메모를 하게 됩니다.

* * *

재작년 여름이 지난 무렵 마츠무라 고사쿠의 어머니가 외래에 오셨습니다. 4세 4개월로 세상을 떠난 고사쿠에게 바치는 진혼곡이라고도 할 수 있는 시 원고를 가져와서

"책으로 낼 예정인데 짧은 문장을 써주세요"

라고 말씀하셨습니다. 벌써 거의 7년이나 지난 일이라서 정확하게 쓰기 위해 차트를 꺼내 와달라고 진료기록실에 부탁했습니다. 다음 날 창고에서 두꺼운 차트가 왔습니다.

* * *

마츠무라 고사쿠 | 4세

1989년 10월 입원 | 1989년 12월 16일 사망

진단 | 급성 림프성 백혈병

현재 병력 | 3년 반 전(환아 8개월)에 발병. 현재까지 중추신경 재발 5회, 고환 재발 2회, 골수 재발 2회. 도내 소아병원에서 치료받음. 어머니는 환아가 완치 불가능하다는 사실을 잘 알고 있으며, 되도록 오랫동안 환아와 좋은 시간을 함께 보내고 싶다는 희망을 가지고 본 병원으로 옮겨옴.

* * *

어머니의 시 원고 가운데 '전원轉院'이라는 장이 있었습니다.

아내가 병원을 옮기고 싶어 한다고

말을 꺼내는 음력 10월의 당신

더 비참한 일이 일어나면 어쩌느냐고

따져 묻고 싶어 하는 눈빛이 어둡다

일주일에 나흘 두 시간인 면회 때마다

혼수昏睡가 오는 날을 기다리는 아이의 시간

어머니는 고사쿠의 곁에 되도록 오래 있어 주고 싶었습니다. 면회 시간 규칙이 엄격한 예전의 소아병원에 비해 우리 병동은 말기 환자에게는 규칙이 없는 것이나 마찬가지여서 어머니와 아버지가 언제 오더라도 마음껏 오래 머무를 수 있었지요. 곁에 있어 주고 싶다는 어머니의 마음이 아플 정도로 잘 느껴졌습니다.

"아무리 상태가 나쁘더라도 그쪽 선생님이 병원을 옮기는 것을 허락해주신다면 저희가 받겠습니다."

이렇게 이야기했습니다.

아무리 병세가 심각해도 받아준다는

주치의의 말에 마음 든든해지네

동화책을 실컷 읽어주고

아들은 잠자는 곰의 숲으로

창가에는 할로윈을 기다리는 호박

저녁놀을 달리는 이곳의 트럭

고짱의 방 정말 좋다며 들어온

간호사를 보고 신바람이 나고

아침에 병실에 오는 보육사의 손에는

날마다 바뀌는 손수 만든 장난감

침대째 옮겨져 보는 영화 상영회

여기 호빵맨 앉아서 춤추네

* * *

결국 2개월 남짓을 성누가병원에서 보내고 고사쿠는 세상을 떠났습니다.

다시 만나자 말하며

고사쿠가 좋아했던 연두색 크레용을 들고

병실을 떠난다

숨바꼭질을 하는 것뿐이라 말해본다

마른 잎 사이로 숨은 호리병박

덥다고 꿈에서 사뿐히 던지는

아이 봄 재킷의 진짜 같은 무게

'만남은 헤어짐의 시작'이라고들 합니다. 아이를 가지는 일 자체가 언젠가의 헤어짐을 동반하는 건 사실이지만, 그 점을 항상 생각하며 살아가는 사람은 거의 없을 것입니다. 하지만 그런 느낌이야말로 살아가는 데 중요한 요소라는 사실을 고사쿠 어머니의 시를 읽고 깨달았습니다.

* * *

그 걸작은 고사쿠의 차트 마지막 페이지에 있었습니다. 병동 담당의였던 아이코 선생의 기록입니다.

* * *

12월 16일, 오후 4시 20분, 호흡 정지. 어머니 재실. 소생 반응

없음. 오후 5시, 아버지, 형, 누나도 도착해서 가족 모두가 조용히 지켜보는 가운데 오후 5시 34분에 천국으로 불려갔다.

지금 드는 생각은 '짧았다'는 것. 고사쿠와 가족에게 더 많은 것을 하게 해주고 싶었다. 2, 3개월만이라도 더 좋은 상태가 유지되었다면…… 드물게 컨디션이 최고였던 날들이 고사쿠에게 얼마나 소중했는지를 뒤늦게 뼈저리게 깨닫는다. 그런 날을 보다 좋은 날로 만들기 위해 고사쿠가 몹시 싫어했던 붕대 교환을 하지 않고 넘어가줬던 일은 잘못이 아니었다고 확신했다.

호소야 선생님이 "고사쿠의 부모님이 아무런 불평불만도 하지 않는 게 걱정이야. 이런저런 하고 싶은 말이 있을 텐데"라고 말씀하셨다. 그럴지도 모른다. 병에 걸린 뒤 부모님이 계속 간직해온 의료 불신을 완전히 없애주지 못한 것 같고, 그것이 커다란 패배감으로 남는다. 단 하나의 위안은 고사쿠가 세상을 떠날 때 가족 모두가 고사쿠의 죽음을 잘 받아들여줬다는 점이다. 고사쿠가 없어도 이 가족은 괜찮다, 앞으로도 살아갈 수 있다고 생각했다.

하지만 역시 조금 더 시간을 주고 싶었다.

* * *

그로부터 7년이 지나, 소아의 완화치료*에 대해서도 모두가 잘 이해하게 되었습니다. 아이코 선생은 소아신경학을 전공으로 선택했고 지금은 멕시코의 아이들을 위해 일하고 있습니다.

---

* 어쩔 수 없이 진행된 질병으로 살날이 얼마 남지 않은 환자의 삶의 질을 최대한 높이는 데 목적을 두고 연구하며 치료하는 의약 분야.

+++ 별모양 쿠키

오전에 외래를 보다 짬을 내어 병동으로 올라가 놀이방을 들여다봤습니다. 아이들이 모여서 쿠키를 만들고 있었습니다.

"무슨 쿠키를 만드니?"

"오늘은 당연히 별모양으로 만들어야죠."

작업하는 아이들 가운데 가장 나이가 많은 유리가 대답했습니다. 평소라면 하트 모양도 있고 강아지나 사람 모양도 있지만 이날은 죄다 별모양이었습니다. 크고 작은 여러 가지 별모양으로 뽑아낸 쿠키 반죽이 오븐용 검정 구이판 위에 잔뜩 놓여 있어서 마치 진짜 밤하늘처럼 보입니다.

칠석날이 코앞이어서 그 준비를 하는 것입니다.

'그러고 보니 작년에도 이런 행사가 있었지.'

이렇게 생각하다가 그로부터 1년밖에 지나지 않았는데 작년에 떠들썩하게 쿠키를 만들었던 유지도, 그 친구인 고짱과 잇페이도 다들 세상을 떠났다는 사실을 깨닫고 순간 멍해졌습니다.

병동에서는 아이들의 생활을 밝고 활기차게 만들기 위해 간호사와 보육사, 그리고 영양사의 도움을 받아 다양한 행사를 엽니다. 1월은 떡 찧기, 2월은 세츠분,* 3월은 히나마츠리,** 4월은 꽃놀이, 5월은 단고노셋쿠로 이어집니다. 그다음인 6월은 딱히 아무것도 없는 달이라서 7월 칠석이 다음 차례 명절이기 때문에 아이들은 이날을 손꼽아 기다리지요.

칠석은 원래 중국의 견우와 직녀 전설이 일본에 전해지며 시작된 행사입니다. 서로 사랑하는 연인들이 1년에 한 번밖에 만나지 못한다는 건 일본에서 몹시 좋아할 만한 이야기입니다.

이 전설이 일본에서 예부터 전해 내려온 길쌈하는 여자 신앙과 합쳐져서 지금의 칠석 행사가 완성되었다고 대학교 때 일문학 선생님께 들었습니다. 덧붙이자면 길쌈하는 여자 신앙이란 신사 앞에 베틀을 설치한 뒤 순결한 처녀가 베를 짜며 하

---

* 입춘 전날로 콩을 뿌려서 잡귀를 쫓는다.
** 3월 3일에 여자아이의 행복을 기원하며 제단에 인형을 장식하는 축제.

룻밤을 보내는 것입니다. 그러면 그곳에 신이 내려왔다가 다음 날 아침 돌아갈 때 마을 사람들에게 닥칠 재앙이나 고민 등 모든 부정한 것을 거두어간다고 믿었다 합니다. 『만엽집万葉集』* 의 대가였던 그 교수님이 진지한 얼굴로 나직하게

"일본에는 수많은 신이 있으니까 개중에는 이렇게 쓰레기 처리 같은 일을 하는 신도 있는 거죠"

라고 말씀하신 것을 뚜렷이 기억합니다.

계절 행사에는 시간의 경과를 강렬하게 인식시키는 효과가 있습니다.

1년 전 칠석 잔치가 있던 날 저녁이었습니다. 주방에서 어린이용으로 만든 맛있는 보리차를 얻어 마시며 고참 보육사와 이야기를 나누었습니다. 그러던 중 그분이

"선생님, 유지네 집은 큰일이에요"

라는 것이었습니다.

"왜요?"

"아버지는 정신을 빼놓고 있고요, 새어머니는 쌀쌀맞고 요……"

저는

---

* 일본에서 가장 오래된 가집歌集.

"흠, 그래요?"

라고만 대답하며 이야기를 끝냈습니다. 사정은 어느 정도 알고 있었지만, 그날은 저도 지쳐 있어서 보육사와 함께 유지 아버지와 어머니의 문제점에 대해 대화를 나눌 만한 기력이 없었기 때문입니다.

유지는 웬만해서는 낫지 않는 유형의 백혈병이었습니다. 처음에는 지방에서 치료받다가 재발한 뒤 아버지의 사정으로 도쿄로 이사 온 초등학교 5학년짜리 아이였지요. 골수이식도 힘든 상황이었습니다.

아버지와 새어머니에게는 몇 번인가 외래를 보는 제 방으로 와달라고 해서 유지의 병은 이제 완치가 거의 불가능하다는 것, 병과 정면으로 싸우면 그 치료 탓에 오히려 큰 해를 입게 되리라는 것을 이야기한 뒤 지금은 모두 함께 지낼 수 있는 시간을 귀하게 여기고 아끼면서 살아가는 편이 좋을 것 같다고 말씀드렸습니다.

아버지와 결혼하자마자 갑자기 말기 암 아이의 어머니 역할을 떠맡기란 몹시 힘들겠지요. 그런데 그런 사정을 감안하고 보더라도 이 어머니는 여전히 다정하지 않았습니다.

그대로 내버려두면 안 될 듯한 기분이 들어서 주방에서 보리차가 든 컵을 두 개 들고 유지의 방을 찾아갔습니다.

"선생님, 제가 만든 쿠키 드실래요?"

유지의 머리맡에 있는 서랍에는 별모양 쿠키가 열 개 남짓 들어 있었습니다.

"나중에 유지가 먹으렴. 선생님은 지금 주방에서 뭘 얻어먹고 와서 괜찮단다. 고마워."

"이건 다음 주 일요일에 병문안 오는 여동생 줄 거예요."

"정말? 대견하네. 여동생도 분명 엄청 좋아할 거야."

유지를 칭찬하다 보니 왠지 몹시 서글퍼졌습니다.

약한 존재에게 무언가를 해주고 싶어 하는 마음이라면 여자든 남자든 어릴 때부터 다들 가지고 있을 것입니다. 그리고 그 마음은 이른바 모성과도 직결되어 있겠지요. 그런데 설령 어머니가 되었다 해도 그 마음에 시동이 잘 걸리지 않는 사람이 가끔 있습니다. 유지의 새어머니는 그런 느낌이 드는 사람이었습니다.

유지가 세상을 떠나기 몇 달 전에 본인의 아기도 태어났지만, 유지와 여동생에게는 마지막까지 어머니답지 않았습니다.

하지만 그분은 유지가 세상을 뜨고 시간이 한참 흐른 뒤 아기를 데리고 외래에 나타났을 때는 완전히 변신해서 그야말로 어머니답게 바뀌어 있었습니다. 유지의 여동생에게도 매우 다정했습니다. 저는 무심결에 마음속으로

'조금 더 견뎠다면 좋았을걸, 유지'
라고 중얼거렸습니다.

+++ 앵두

비닐하우스 등을 이용한 속성 재배가 활발하게 이루어지는 요즘은 채소의 계절감이 점점 희미해지고 있습니다. 그에 비하면 과일은 아직까지 뚜렷한 계절감을 지니고 있지요.

여름을 향해 가는 무렵에는 흰 복숭아와 수박, 가을로 접어들면 포도, 사과, 귤 등 맛있으면서도 계절을 느끼게 하는 과일이 잔뜩 있습니다. 그 가운데서도 아주 짧은 기간 동안에만 과일의 왕으로 등장하는 것이 초여름의 앵두, 이른바 버찌입니다. 제 고향 야마가타는 앵두의 본고장입니다.

어린 시절 우리 집 별채 앞에는 커다란 앵두나무가 있었습니다.

제 고향 아이들에게 앵두와 버찌는 완전히 다른 과일이었습니다.

　모두가

　"와, 예쁘다"

　"진짜 예쁘네"

　하며 구경하는 소메이요시노*의 꽃이 진 다음 열리는 시큼하고 쌉쌀한 작은 보라색 열매를 버찌, 그보다 늦게 5월에 접어들어 피는 수수하고 새하얀 꽃이 진 뒤에 열리는 큼직하고 달달한 열매를 앵두라고 불렀습니다.

　요즘에는 귀여운 이미지에 중점을 두고 비싸게 팔려는 속셈인지 출하하는 지역의 농가마저 버찌, 버찌 하고 부르는 통에 앵두라는 호칭이 잘 쓰이지 않게 된 것은 무척 씁쓸한 일입니다.

　다자이 오사무가 마지막 해에 쓴 작품 가운데 「앵두」라는 단편이 있습니다.

　아이보다 부모가 중요하다고 생각하고 싶다.

　이 한 문장으로 시작되는 소설이지요. 다자이 자신이 작품

---

* 일본산 벚나무의 품종 중 하나.

속에서

사실 이것은 부부싸움에 관한 소설이다.

라고 밝힌 대로의 줄거리로, 몹시 슬픈 이야기입니다.

자신이 독선적이라는 사실을 잘 알고 있으면서도 가정의 행복에 빠져들지 못하는 아버지의 심정이 문고본으로 10쪽이 채 되지 않는 이 짧은 작품 속에 가득 담겨 있습니다.

부부싸움 끝에 일하러 간다며 집에서 나온 주인공은 '술 마실 곳'으로 향합니다. 그곳에서 여자가 앵두를 내오지요.

우리 집에서는 아이들에게 비싼 걸 먹이지 않는다. 아이들은 앵두 같은 건 본 적도 없을지 모른다. 먹여주면 좋아하겠지. 아버지가 집에 가져가면 좋아할 거다. 꼭지를 실로 이어서 목에 걸면 앵두는 산호 목걸이처럼 보이리라.

그러나 아버지는 큰 접시에 쌓인 앵두를 몹시 맛없다는 듯 먹고는 씨를 뱉고, 먹고는 씨를 뱉고, 먹고는 씨를 뱉고, 그리해서 마음속으로 허세처럼 중얼거리는 말은, 아이보다 부모가 중요하다.

가정에 신경을 집중시키면 남자로서 추구해야 할, 더욱 자신에게 중요할 것만 같은, 그러면서도 확실한 실체를 알 수 없는 애매한 것이 보이지 않게 되어 영영 잃어버리고 마는 게 아닐까 하는 막연한 공포가 언제나 이 아버지의 마음 밑바닥에 가라앉아 있습니다. 남자 중 몇몇 사람에게는 잘 와닿는 마음이지요.

마침 「앵두」를 다시 읽던 6월의 첫 번째 일요일이었습니다. 가족들은 각자 외출해서 홀로 집을 지키던 날이었습니다.

'이제 곧 앵두 기일이 돌아오는구나.'

다자이 오사무는 제가 태어난 해(1948) 6월 13일에 다마가와 상수원에 몸을 던졌습니다. 그의 기일은 앵두 기일이라고 불리지요.

문득 미국에서 지내던 시절 외래 간호사가 만들어 와서 소아과 동료들과 다 함께 먹었던 체리 파이가 떠올라 공연히 먹고 싶어졌습니다. 멍하게 보내는 날에는 생각이 늘 엉뚱한 곳으로 흐릅니다.

오늘은 집에 아무도 없으니 케이크 만들기에는 손을 대지 않는다는 저의 신조를 깨도 가족들에게 들킬 염려가 없습니다. 책장을 뒤져 미국에서 사온 레시피 책을 꺼내 읽었습니다. 그리고 필요한 재료를 근처 슈퍼마켓에서 사 와서 곧바로 케이크를 향한 첫 도전을 시작했습니다.

체리 통조림을 열고 체리를 소쿠리에 담아 물기를 제거합니다. 설탕, 옥수수 녹말, 레몬즙 등을 섞어서 불에 올리고 얼마간 휘저은 뒤, 불을 끄고 체리를 넣고 체리 증류주까지 넣어서 식힙니다. 어여쁜 행복의 색입니다.

파이 반죽을 만들고 밀방망으로 폈다가 접는 과정을 반복합니다. 아무래도 손에 반죽이 치덕치덕 들러붙습니다.

예전에 디저트 만들기 세미프로라고 자부하던 저의 막내 여동생이

"내 손은 언제나 차가워서 파이 만들기에 적합해"

라고 말했던 것이 떠올랐습니다.

나름대로 반죽을 정리해서 오븐에 넣고 기다리기를 40분. 자그마하지만 상당히 그럴싸한 체리 파이가 완성되었습니다. 한 조각 잘라서 먹어보니 아주 맛있습니다.

'이를 어쩌지.'

술안주 대용 반찬이라면 가끔 만들어서 자랑을 늘어놓고 호평을 얻는 일에도 익숙하지만, 이것은 틀림없는 디저트입니다. 디저트마저 맛있게 만들었다고 하면 아버지로서는 조금 체면이 서지 않을지도 모르지요.

'다자이처럼 싹 다 먹어버릴까?'

이런 생각도 했지만

'차라리 환자분 어머님이 만들어서 가져다주셨다고 하자'

라고 마음을 정했습니다.

요리 도구를 정리하고 여기저기 튄 밀가루를 닦아낸 뒤 다시 멍하게 보낸 일요일이었습니다.

+++ 충수염 이야기

이 세상에는 그야말로 튼튼하지 않으면 종사할 수 없는 직업이 여러 가지 있습니다. 이를테면 총리대신을 비롯한 거물 정치가가 그렇지요.

저보다 나이가 스무 살도 더 많은 할아버지 대신들이 종횡무진 숨 가쁘게 움직이는 모습을 보면

'저 연세로 괜찮을까?'

라는 생각이 들어서 정치적 입장과는 전혀 관계없이

'정말 대단하네'

라는 감탄이 나옵니다.

우리 같은 일반병원 근무의도 상당한 중노동이라서 가족과 저녁을 함께 먹는 것도 여의치 않은 건강이 최고인 직업이지

만, 그런 저조차

'진짜 힘들겠다. 정치가에 비하면 우리는 그나마 괜찮은 편일지도 몰라. 젊기도 하니까 이 정도 일은 참아야겠지'

라고 생각하기도 했습니다.

얼마 전 아는 간호사의 남편이 하루아침에 중의원 의원이 되었습니다.

"잘됐네요. 축하해요. 그런데 이제까지 단체에서 직원으로 일했던 것과 비교하면 힘들겠지요? 가족과 함께 집에서 밥을 먹기도 어려워질 테고요……"

이렇게 저와 같은 처지가 된 듯한 그를 향한 동정을 담아 중의원 의원 부인에게 물어봤더니

"딱히요…… 일주일 중 절반 정도는 집에서 저녁을 같이 먹어요"

라는 것이었습니다.

'정치가라 해도 바쁜 건 거물뿐인가?'

좀 김이 새고 말았습니다.

우리 업계는 신참은 신참대로 바쁩니다. 수련의 첫 해 때는 휴일 없이 일하다가

'왜 나는 이렇게 튼튼하게 태어난 거야. 고등학교랑 대학교 때 운동을 좀 자제하고 더 악착같이 공부만 했다면 좋았을걸'

하고, 감기에 걸려서 가끔 쉬는 선배를 보며 저의 건강한 신체를 원망한 적도 있었습니다.

소아과 신입은 저를 포함해서 총 두 명이었는데, 스카우트 워크라고 하는 채혈과 그 외 단순한 육체노동을 도맡아 했습니다.

이듬해 봄 우리 밑으로 수련의가 한 명 들어왔을 때의 기쁨은 지금도 선명하게 기억합니다.

그러던 어느 날 갑자기 짝꿍이 독일로 유학을 가게 되었습니다. 그 뒤로는 전보다 더욱 힘든 나날이 이어졌습니다. 2년째라도 여전히 신입이었으니 채혈도 주사도 서툴렀고, 환자 부모님께 병에 대해 설명하는 것도 능숙하지 못했습니다. 점심을 먹을 시간조차 못 내는 날이 이어졌습니다.

'조금만 더 연약하게 태어났다면 감기라도 한번 걸릴 텐데……'

이런 어처구니없는 생각을 하자마자 컨디션이 나빠졌습니다.

구역질이 나고 오른쪽 아랫배가 심하게 아픈 데다 착실하게 열까지 났습니다.

'어라, 이건 급성 충수염인가. 수술을 하게 되면 일주일은 쉴 수 있겠다.'

곤란한 외중에도 마음 한구석에 희미한 기대를 품었던 젊은 날의 제가 조금은 애처롭습니다.

소화기내과 의장은 진료대 위의 저를 꼼꼼하게 진찰한 뒤 혈액 검사 결과와 합쳐보고

"이건 틀림없어"

하며 보장했고, 외과 의장은

"이렇게 모든 증상을 빈틈없이 갖춘 충수염도 드문데"

라고 말했습니다.

급성 충수염에는 맥버니나 로젠스타인, 로브싱 등 그것을 발견한 의사의 이름을 딴 특별한 증세가 있습니다. 맥버니 징후는 오른쪽 옆구리 아래의 맥버니 포인트라고 불리는 압통점*을 누르면 환자가 펄쩍 뛸 정도로 아파합니다. 로젠스타인 징후는 오른쪽이 아래일 때보다 왼쪽이 아래로 가게 누웠을 때 오른쪽 아랫배의 압통이 심해집니다. 모두 다 의학부 때 꼼꼼하게 배운 내용입니다.

그날 안에 수술하기로 결정이 났습니다. 당연히 저는 동기 외과 수련의의 안성맞춤 희생양이 되었습니다.

"진찰상 소견으로도 호소야의 충수는 뒤쪽으로 말려 들어가 있어서 약간 길 수도 있다고 의견이 모아졌거든. 그래서 조금

---

* 눌렀을 때 통증을 유발하는 신체의 부위.

큼직하게 잘라내기로 했으니까······"

이런 설명을 들은 다음 마취하기 전 예비투약 주사를 맞았습니다.

"혹시 써 보고 싶은 예비투약이 있어?"

저는 전에도 썼듯 다자이 오사무의 골수팬이어서 그가 상용했던 파비날 아트로핀*을 요청했습니다.

주사를 맞자 몸이 두둥실 떠오르는 것처럼 묘하게 기분이 좋아져서 이건 역시 위험한 약이구나 싶었습니다. 수술을 받는다는 불안도 어딘가로 날아가 버렸습니다. 하지만 수련의의 충수염 수술 따위는 수술실이 바빠지면 당연히 뒷전으로 밀려납니다.

저는 예비투약의 약효가 완전히 사라진 뒤에 수술실로 옮겨졌습니다. 요추마취를 한 뒤 배를 가르고 충수절제술이 시행되었습니다. 예비투약의 약효가 사라진 탓도 있어서 선배 마취의에게 이런저런 불평을 했던 모양인데, 본인에게는 그런 기억이 전혀 없습니다. 잘라낸 충수는 가벼운 염증 소견은 있었지만 거의 정상이라 해도 좋을 상태였습니다. 결국 저의 짝퉁 충수

---

* 마약성 진통제. 다자이 오사무는 복막염에 걸렸을 때 처방받은 파비날에 중독되었다.

염은 바이러스성 감기에 소화기 증상이 강하게 동반된 것이었으리라는 결론이 나왔습니다.

상처는 이삼일 동안 아팠습니다. 계획대로 휴가를 낼 수 있어서 느긋하게 쉬었지요. 하지만 의학적 지식이 있다는 것은 확신만으로 어떤 병에든 걸릴 수 있다는 뜻이라는 점을 실감하고 좀 무서웠던 기억이 납니다.

그 뒤로 한층 터프해진 저는 일본에서 수련을 마친 뒤 더 힘든 미국 트레이닝도 앓는 소리를 내지 않고 끝냈습니다.

예전에 한번 척추 손상 환자의 삶을 다룬 〈이 생명, 누구의 것인가〉라는 연극의 무대 연습을 보러 간 적이 있습니다. 연출가 아사리 게이타 씨가 실제 임상 현장에 있는 사람의 의견을 듣고 싶다고 병원에 요청했을 때의 일입니다. 그때 연습이 끝나고 차를 마시는 시간에 아사리 씨는

"인간이 어찌할 수 없는 벽과 마주할 때 드라마가 태어납니다"

라고 말씀하셨습니다.

임상의의 일상은 드라마의 연속입니다. 의사란 인간에 대해 지적 호기심을 계속 가진다면 언제까지고 바쁘게 지낼 수 있는 직업입니다.

그런 만큼 자신의 몸과 마음을 건강하게 유지하는 것이 몹

시 중요하다고, 스스로 경계하며 생각합니다.

'병에 걸리면 쉴 수 있을 텐데.'

이렇게 생각해서는 안 되겠죠.

+++ 고시엔

근위축증을 앓는 아이들을 돌보는 국립요양소 선생님들의 초청으로 연구회에 이야기를 하러 갔습니다.

전혀 전공 분야가 다른 제가 어슬렁어슬렁 시코쿠의 다카마츠까지 간 이유는 잔일 담당인 다타라 선생에게

"저희도 근위축증 아이들에게 병명과 병세를 알려주고, 병과 함께 살아가는 것을 도와주고 싶다고 생각하게 되었습니다. 분야는 다르지만 최종적으로 치료가 불가능하게 된 일부 소아암 아이들을 돌보는 선생님의 방식에 대해 이야기를 들려주시면 좋겠습니다"

라는 정중한 편지를 받기도 했고, 또 예전에 그 그룹의 선생님 중 한 분과 문부성 병약 아동 교육 모임에 함께 참석했을

때

"저희가 돌보는 근위축증 아이들의 생활은 하루하루가 상실의 연속이에요"

라는 말을 들어서 당시의 충격이 아직 마음속에 남아 있었기 때문입니다.

소아암의 대표적인 질환인 급성 백혈병을 예로 들자면, 치료 후 화학요법의 부작용으로 일시적으로 기력이 떨어지는 경우는 있지만 다시 건강해져서 에너지를 저장해뒀다가 다음 치료에 도전하는 과정의 반복입니다. 결코 상실의 연속은 아닙니다. 설령 최종적으로 낫지 않게 된 아이들이라도 그 시기 나름의 기복이 있어서 뜻밖에도 컨디션이 좋아지는 때가 있습니다. 그러니 내일은 오늘보다 좋은 날일지도 모른다고 기대할 수 있지요.

다카마쓰에서 열린 회의에 참석해서 현장이 아니면 알 수 없는 것이 무수하다는 데 깜짝 놀랐고, 병에 걸린 아이들을 도와주려는 많은 사람들의 열정에 감격했습니다.

제 이야기도 어느 정도는 참고가 된 것 같아서 다행이었습니다.

도쿄로 돌아온 뒤 작년에 세상을 뜬 어느 환자를 떠올렸습니다.

쓰라린 상실감을 맛보았을 열네 살짜리 남자아이 R입니다.

열세 살이 되고 얼마 뒤 오른쪽 눈구멍에서 종양이 발견되었습니다. 눈물샘암이었습니다. 대학병원의 안과에서 적출한 뒤 방사선으로 치료받고 퇴원했는데 열네 살 때 재발하고 말았지요. 안과에서 내과로 옮겨 화학요법을 시작했지만 종양은 점점 커져서 구역질과 두통이 심해졌고, 아버지와 어머니는 되도록 고통을 없애는 치료를 중심으로 집에서 살뜰하게 돌봐주고 싶다는 이유로 저에게 상담하러 오셨습니다. 1996년 4월이었습니다.

일단은 먼저 소아과에 입원하기로 했습니다. R는 자기 나이보다 상당히 어른스러운 분위기를 풍기는 소년이었습니다. 암이 얼마나 퍼졌는지 확인하며 통증을 없애는 방법을 찾아보기로 했습니다. 눈구멍 MRI를 찍어보니 암은 오른쪽 눈구멍 거의 전체에 퍼져 있었고, 주위의 코 안과 코곁굴은 물론 머리뼈 속까지 스며들어서 뇌를 압박하고 있었습니다.

식욕이 없고 두통이 심한 것도 당연합니다.

경구용 모르핀과 두개내압을 낮추기 위한 데카드론*을 먹기

---

* 스테로이드계 항염증약의 하나.

시작했습니다. 다행히 1~2주 안에 두통은 거의 사라져서 누운 채 말도 하지 않던 R는 전보다 꽤 활동적으로 변해갔습니다.

본인에게 처한 상황을 정확하게 설명해줘야 한다는 점을 부모님도 알아주셨으면 했습니다.

부모님과의 대화 도중 아버지는

"이번 치료로 그렇게 고통스러웠던 것이 이 정도로 편해졌으니, 본인은 좀 더 좋아진 다음에 집으로 돌아가는 편이 낫겠다고 생각할 수도 있어"

라고 말했고, 어머니는 R가

"진행된 암에는 항암제가 듣지 않아"

"내가 좋아하는 걸 내가 좋을 때 시켜줬으면 해"

라고 말했던 것을 예로 들며

"R가 사실을 파악한 다음 다양한 옵션 가운데서 선택하는 게 가장 좋을지도 몰라요"

라고 했습니다.

그날 부모님과 상담 끝에 나온 결론은 R가 상처받지 않도록 배려하며 사실을 전할 것, 하고 싶은 말은 자유롭게 할 수 있는 분위기를 꼭 지킬 것, 주위 사람, 특히 학교나 반 친구들과의 관계가 끊어지지 않도록 주의할 것 등이었습니다.

다음 날 R까지 불러서 회의를 열었습니다.

R는 고개를 숙이고 가만히 듣고 있었습니다. 먼저 병의 현재 상태를 복습했습니다.

종양은 질이 나빠서 발병 원인은 전혀 모른다는 것, 생긴 자리가 뇌 바로 옆이라서 커지면 두통이나 구역질 등의 증상이 생긴다는 것, 지금은 치료해서 약간 건강해졌지만 이는 종양 자체를 공격해서 좋아진 게 아니라 진통제와 부종을 가라앉히는 약의 효과 때문이라는 것, 지금처럼 비교적 좋은 상태가 언제까지 지속될지는 아무도 모른다는 것 등을 전했습니다.

R와는 세 가지 약속을 했습니다.

첫 번째는 의료진이 R에게 거짓말을 하지 않겠다는 약속. 두 번째는 통증은 온 힘을 다해 없애도록 노력할 것이라는 약속, 그리고 세 번째는 괴롭거나 힘들지 않도록 이모저모 궁리하겠다는 약속이었습니다.

상당히 충격적인 회의였겠지요. 하지만 저는 이야기를 진행해나가며 R라면 알아주리라고 확신했습니다. 마지막으로

"그렇게 깜짝 놀랄 만한 이야기는 아니었지?"

하고 일부러 밝게 물어봤습니다. R는 가볍게 고개를 끄덕였습니다.

"R는 뭐 물어볼 거 없어?"

R는 여전히 고개를 숙이고 있었습니다.

"노력할 수 있겠어?"

"네."

처음으로 웃는 얼굴을 보았습니다.

중심정맥 카테터를 삽입하는 수술도 끝나 드디어 재택 케어가 시작되었습니다.

8년 전 재택 터미널 케어를 시작한 무렵에는 담당 의사가 저 하나였지만 현재는 오자와라는 선생님이 도와주고 계십니다. 첫날에는 몸이 축 늘어진다고 호소해서 방문 간호과의 수간호사만 긴급 방문했습니다. 두 번째 날에는 본격적으로 방문 간호사와 오자와 선생이 찾아갔습니다.

"R는 이따금 자신의 생각을 툭툭 말할 때가 있어요. 저도 그 생각을 듣고는 싶지만…… 그걸 위해 24시간 딱 붙어 있으면 R가 싫어하면서 화를 내니까요."

R의 집에서 돌아온 재택 케어 팀에게 어머니의 이야기를 전해 들었습니다. 저의 중학생 시절을 되돌아보니 R와 어머니의 관계가 잘 이해되었습니다.

"저를 잘 믿지 않아서 약도 R가 직접 관리해요."

R의 어머니가 다니는 교회가 근처에 있었습니다. R도 예전에는 주일학교에 나갔지만 어느 틈엔가 가지 않게 되었습니다. 부종이 심해진 오른쪽 눈이 때때로 아프기도 했고, 또 무엇보

다 몸이 축 늘어지는 게 힘들었기 때문입니다.

"그래도 전에 비해 제가 침대 곁에서 기도하는 걸 싫어하지 않게 되었어요."

어머니가 조금 기쁜 듯이 알려주셨습니다.

결국 R는 그 후 딱 두 달 만에 천국으로 떠났습니다.

식욕은 나름대로 남아 있어서 스파게티, 라멘, 핫도그 같은 음식은 잘 먹었습니다. 좋아하는 과일도 괜찮았습니다.

"아프지는 않아요."

"눈이 부은 게 완전히 없어지면 기분도 좋아지겠지만, 그건 어려운 일이야. 통증이 없으면 '뭐, 괜찮네'라고 생각해보렴."

"네."

부모님은 일주일에 한 번 정도의 간격으로 R를 위한 이벤트를 계획했습니다. 2, 3박으로 다카라즈카에 있는 외갓집에 놀러가는 것, R가 굉장히 좋아하는 닛폰햄의 야구 경기를 보러 도쿄돔에 가는 것 등입니다.

"밤에는 불안이 심해지는지 옆방인 남동생 방에서 자달라고 R가 제게 부탁했어요."

이렇게 말하는 어머니에게 저는

"어머님께 불안을 호소하고 곁에 있어 달라고 부탁할 수 있는 건 오히려 좋은 경향으로 보여요"

라고 대답했습니다.

아버지도 어머니도 저보다 일고여덟 살 아래였지만, 이런 힘든 상황에 직면한 부모가 대체로 그러하듯 매우 야무지셨습니다. 이야기를 나누다보면 고개를 끄덕이며 감탄하는 일이 매번 있었습니다.

약을 가지러 병원에 오신 아버지가 부부의 역할 분담에 대해 상담해온 적이 있습니다.

"아버님은 컨디션이 좋을 때를 적극적으로 찾아내서 이벤트를 기획하고 즐겁게 해주는 역할을, 어머님은 괜찮다고 말하며 불안을 없애주는 역할을 하며 협력하시면 어떨까요?"

저는 이렇게 조언했던 것 같습니다.

R의 집은 우라와에 있었습니다. 역에서 버스를 타고 얼마간 가면 주변의 밭이 눈에 들어옵니다. 혼자 왕진을 갔을 때 버스 정류장 뒤편에서 무와 유채를 파는 무인 판매소를 발견했습니다. 나물용 유채의 노란색이 몹시 인상적이었습니다.

이제 완연한 봄이라고 생각했습니다.

수간호사가 5월 들어 채플렌인 사사키 선생과 함께 방문했습니다. 그날 R는 고통이 몹시 심했던 모양인지 진통제를 증량해서 거의 꾸벅꾸벅 졸고 있었습니다.

"두통에 더해 이명까지 시작됐는지 한밤중에 조금 불안한 모습을 보였어요. 제 시간 전체를 R를 위해 쓰고 싶지만 다른 가족도 있으니 그렇게도 할 수 없어요. 그래서 뭔가 찔리는 기분도 들고요……"

어머니는 과연 현실을 제대로 파악하고 있고, 자신의 고민을 말로 잘 표현하고 있으니 괜찮다는 것이 그 당시 채플렌이 받은 인상이었던 듯합니다.

R와 가족들은 불안을 가득 품은 채 저희들에게 등을 떠밀리듯 하며 큰맘 먹고 다카라즈카로 떠났습니다.

R가 몹시 좋아하는 사촌형과도 즐거운 시간을 보낼 수 있었습니다. 약간은 지쳤지만 무사히 2박 3일의 대장정을 마쳤습니다.

R의 현재 문제는 구역질입니다. 눈의 부종이 더더욱 커지고 있다는 점을 생각하면 종양이 안쪽으로도 자라나서 뇌를 예전보다 더욱 압박하는 것으로 보였습니다. 병원이라면 즉시 MRI를 찍을 상황이었지만, 찍는다 한들 치료할 수 없으니 어찌 할 도리가 없었습니다. 저의 지식과 직감으로 병세를 추측해서 그에 걸맞은 대증요법을 궁리했습니다.

R는 자신이 어떻게 생각하는지에 대해서는 의사나 간호사에게 거의 털어놓지 않았습니다. 병세는 착실하게 악화되어갔습니다. 그래도 R는 집에서 지낼 수 있다는 점을 좋게 평가해

주는 듯, 병원으로 되돌아가고 싶다는 뜻은 내비치지 않았습니다.

수분 섭취량도 적어져서 입술이 눈에 띄게 메말랐습니다. 뇌압을 낮추는 약도 쓸 수 있다는 이유로 시험 삼아 링거를 맞기 시작했습니다.

"앞으로 링거는 어떻게 할까?"

간호사가 물어보자 R는 이렇게 대답했습니다.

"맞든 안 맞든 별반 다르지 않아요. 그러니 아무래도 좋아요."

아마도 어머니가 링거를 맞는 편이 입술도 메마르지 않아서 상태가 좋아 보이니 안심된다고 말했던 것을 고려한 대답이라고 느꼈습니다. R는 반항기 소년이 대개 그렇듯 어머니에게 때때로 퉁명스러운 태도를 보였지만, 속으로는 어머니를 몹시 좋아했습니다.

5월 중순의 어느 날, 학수고대하던 닛폰햄 시합을 보러 도쿄돔에 갔습니다. 점점 더 본격적으로 변해가는 두통과 구역질은 아직 완전히 억제하지 못했지만, 오후 5시에 도쿄돔에 가서 6시부터 10시까지 야구를 보고 돌아왔습니다. R는 도쿄돔 안에서는 기적적으로 혼자서 제대로 걸었다고 합니다.

하지만 집에 도착한 밤 11시가 지나고부터는 몇 번이나 토했고 두통도 심해져서, 다음 날부터 본격적으로 높아진 뇌압을 치료하기 위해 링거를 맞기 시작했습니다.

"도쿄돔에 가서 무리한 탓일까요?"

어머니가 이렇게 말하며 어두운 표정을 지었던 모양이지요. 간호사는

"도쿄돔에 갔기 때문에 나빠진 게 아니라 가지 않았어도 나빠졌을 거예요. 갈 수 있었던 게 다행이라고 생각하는 편이 좋아요"

라고 위로했다고 합니다. 저도 그 말이 옳다고 생각했습니다.

R에게도 병원에 있는 편이 마음이 놓인다면 그렇게 말하라고 부탁했지만

"집이 더 좋아요"

라는 주장은 초지일관이었습니다.

그 무렵 대여한 의료용 전동침대가 배달되었습니다. 만반의 준비를 갖췄습니다.

아버지는 벌써 다음 이벤트를 기획하고 있었습니다. J리그 축구 시합을 보러 시미즈에 가자고 했습니다.

하지만 이 무렵부터 R도 조금씩 기력을 잃어갔습니다. 어머니에게

"머리카락이 빠지는 것, 눈 문제, 두통, 구역질 가운데 어느 하나만이라도 완전히 없어지면 얼마나 좋을까……"

라고 하거나

"날 그냥 내버려둬"

라고 말할 때가 많아졌습니다. 동생인 S도 가엾을 정도로 신경을 써주는 게 눈에 보였습니다.

S는 언젠가

"형은 계속 이런 상태야?"

라고 어머니에게 물어본 적이 있었습니다. 어머니는 순간적으로

"금방 낫는 병이 아니니까 당분간은 이 상태가 계속될 거란다"

라고 대답했습니다.

저는 형의 병은 낫지 않는다는 점, 지금 하는 치료는 터미널 케어라고 해서 고통과 통증을 줄여주는 것이지 병을 고쳐서 건강하게 만드는 게 아니라는 점을 기회를 봐서 S에게 이야기해두는 편이 좋다고 아버지에게 말한 적이 있습니다. 아무런 조짐도 없이 형의 죽음을 맞닥뜨리게 되면 S는 심한 충격을 받을지도 모릅니다. 저는 미리 말해줌으로써 S도 재택 케어에 적극적으로 동참해서, 자신이 한 역할을 담당했다고 여기도록 해

야 한다고 생각했습니다.

링거로 맞는 진통제가 마침내 효과를 발휘하기 시작한 무렵, R는 이제 왼쪽 눈도 잘 보이지 않는다고 호소해왔습니다. 왼쪽 눈도 튀어나오기 시작한 것입니다. 축구 경기 관람도

"왼쪽 눈도 안 보이니까 가봤자 재미없을 테니 안 갈래"

하고 포기했습니다. 명암을 구분하는 정도일 뿐, 사람의 얼굴을 식별하는 건 점점 어려워졌습니다.

R에게

"눈이 전혀 보이지 않는 사람은 암흑 속에 있는 느낌일까? 무서워. 안 보이게 된다면 죽는 편이 나아"

라는 말을 들은 어머니는 거짓말을 하는 것은 나쁘지만, 이 대로 보이지 않게 된다는 식으로 간단히 말하지 말고 어딘가에 희망을 남겨두고 싶다고 부탁해왔습니다.

다다음 날 오자와 선생이 R와 이야기를 나누었습니다.

"왼쪽이 잘 안 보이는 건 오른쪽의 영향일 텐데…… 그런 경우엔 일단 빛을 잃어도 다시 회복될 때도 있어."

그런 다음

"병원으로 돌아와서 안과 선생님께 어떻게 안 되는지 부탁해볼까?"

라고 물어보자

"싫어요"

라고 무척이나 쌀쌀맞게 대답했습니다. 본격적으로 링거를 맞기 시작하고 얼마 지나자 고통은 거의 잦아들었습니다.

"집에 있으면 의사나 간호사가 올 때까지 시간이 걸리는데 그건 걱정되지 않니?"

"괜찮아요."

"왼쪽 눈 시력이 떨어지고 있는 건 조금 괴롭지?"

"조금이 아니에요."

R는 여기서 한숨을 내쉬었다고 합니다. 이야기를 듣던 제게 도 깊은 상실감이 느껴졌습니다.

5월도 하순으로 접어들자 경련이 시작되었습니다. 첫 경련 이 일어난 것은 밤 10시가 지난 무렵이었습니다. 간호사를 통 해 처치하자 일단은 멎었습니다. 어머니와 전화로 이야기했습 니다.

"할 수 있는 처치는 하고 있지만 뇌압 상승을 완벽하게 제어 하는 건 어려워요. 앞으로 경련을 늘 잘 멈출 수 있을지는 다소 의문입니다. 경련이 날 때 R는 의식이 없으니 고통을 별로 느 끼지 않을지도 모르지만 곁에서 지켜보는 사람이 괴롭지요. 되 도록 잘 제어할 수 있도록 노력해볼게요."

전화를 바꿔 받은 아버지는

"R의 의식이 이대로 흐려지기 시작하면 의사소통이 어려워지겠지요"

라고 몹시 슬픈 목소리로 말했습니다.

할 말을 잃은 침묵의 시간이 흘렀습니다. 항마비제를 맞기 시작한 뒤로도 자잘한 움찔거림은 여전히 계속되었습니다. 아버지의 걱정은 현실이 되었습니다. 나흘 뒤, 좌반신이 마비되어 움직이지 않게 되었습니다. 오른쪽은 근육이 더욱 긴장되어 팔다리를 끊임없이 의미도 없이 움직였습니다. 오른쪽 뇌에 출혈이 일어난 것일지도 모릅니다. 아버지도 회사를 쉬었습니다.

"어젯밤 형한테 가서 '형, 나야'라고 말했더니 손을 맞잡아 줬어요."

S가 어머니에게 이렇게 말했다고 합니다. S에게는 아버지가 형의 병세에 대해 예전에 상의한 대로 미리 설명해뒀습니다. 이 무렵 동생인 S가 아주 적극적으로 형을 돌봐주게 된 것은 그 덕분일지도 모릅니다.

5월 31일, 어머니의 희망으로 가까운 교회의 신부님이 오셔서 세례식을 했습니다. 그다음 날에는 안 움직이던 왼쪽 몸이 조금씩 움직이게 되었습니다. 하지만 그 뒤로는 고요히 다시 조금씩 내리막길을 걸었습니다.

그 무렵 어머니에게 아주 정갈한 글씨로 쓴 편지를 받았습니다. 편지지 두 장에 말끔하게 쓴 편지입니다.

R가 퇴원한 뒤로 2개월이 지나려 합니다. 선생님께는 입원하기 전부터 신세를 졌고, 지금도 바쁘신 와중에 집까지 진찰하러 오시고 가끔 전화도 걸어주시며 저희들의 정신적 지주가 되어주셔서 진심으로 감사하고 있습니다. 제가 그전까지 받은 느낌으로는 지금의 R와 같은 상태가 되어도 집에서 간호할 수 있겠다는 생각이 들지 않았습니다. 그런데 R는 지금 집에서 지내고 있고, 그것은 제가 이런 상황 속에서도 (늘 그렇지는 않지만) 비교적 마음 편안히 생활할 수 있는 큰 힘이 됩니다. 본인의 희망이 이루어져서 간병하는 입장에서는 기쁠 따름이에요.

R의 어린 시절을 떠올려보면 혼자서 애쓴 적이 많았던 것 같습니다. 두 살도 되기 전에 남동생 S를 뱃속에 품은 채 제가 입원했습니다. 다섯 살 때는 R 본인이 수막염으로 입원해서 하루 한 번의 면회밖에 허락받지 못했고요. 여섯 살에는 S가 장겹침증으로 입원했는데 그때는 제가 병원에 붙어 있어야 해서 집을 비웠지요. 일곱 살 때는 다카라즈카에서 역시 S가 심한 장염에 걸렸는데, 학교가 개학하니 R가 혼자서 신칸센을 타고 집에 간 적도 있어요. 이런 어린 시절의 경험이 무엇이든 스스로 결정하고 스스로 행동하는 아이로 만든 것일지도 모릅니다. 이제 엄마의 도움도 딱

히 필요 없는 눈치니까 떨어져서 잠자코 지켜봐야 하겠구나……
이렇게 생각했는데, 오히려 이처럼 늘 곁에 있을 수 있게 되다니
R에게도 저에게도 과거에 함께 하지 못했던 시간이 다시 찾아온
것 같기도 합니다. ……(중략)

R가 가끔 평온하게 잠들어 있는 모습을 보면 감사하는 마음이
가득 차오릅니다. 이런 이야기를 느긋하게 할 수 있는 기회가 여
간해서는 없어서 편지를 띄웁니다. 정말 고맙습니다. 앞으로도 잘
부탁드려요. 너무나 바쁘실 텐데 부디 건강 잘 챙기시고요.

괴로운 나날 속에서 이런저런 일들을 생각하고, 그럼에도
감사할 수 있는 어머니가 참 대단하다고 생각했습니다.

6월로 접어들자 혈압도 조금씩 떨어졌습니다. 6월 14일, 오
전에 시간을 내어 홀로 왕진을 갔습니다. 호흡과 맥박도 말기
특유의 흐트러짐을 보이기 시작했습니다.

있는 그대로 이야기했습니다. 부모님은 침착하고 조용하게
들어주셨습니다.

"언제까지 버틸 수 있을까요?"

방을 나와 아버지가 물었습니다. 뒤에 나오는 어머니를 기
다렸다가

"이제 그리 머지않은 듯합니다. R가 이제 됐다고 생각할 때

신이 데리러 올 겁니다"

라고 말했던 것 같습니다. 역까지 아버지가 사륜 자동차로 데려다주셨습니다. 남자끼리 대화하는 시간입니다. 아버지는 대형 신문사 출판부에 다니십니다.

"R가 손을 조금 움직이거나 소리를 내서 무언가를 말할 때 너무 기뻐요. 이렇게 가족들이 돌봐줄 수 있다는 게 충분히 행복합니다."

이런 말을 들으면 역시 인간이란 훌륭한 생물이라고 진심으로 감탄해서 눈물이 납니다.

그 이야기를 나눈 다음 날의 간호 기록을 봤더니 "R의 의식 상태가 얼마간 개선되어 치료하려고 얼굴을 움직이면 '아얏' 하고 소리를 냄"이라고 쓰여 있었습니다.

촛불은 다 타버리기 직전에 순간적으로 밝게 빛납니다. 아이들에게도 분명 그 순간이 있습니다. 그날 저녁 병원 회의에서 부모님이 가끔 소리 내어 웃으며 R를 돌보고 있었다는 이야기를 듣고 저도 기뻐졌습니다.

"하지만 이제 금방일지도 몰라."

저의 말에 오자와 선생도 고개를 끄덕였습니다. 수간호사가 말했습니다.

"제가 찾아갔을 때는 아버님 혼자 R를 돌보고 계시고 어머님은 미용실인가에 가서 집에 안 계셨어요. 곧 돌아오시긴 했지만요……"

'두 분 다 이제 각오는 충분히 되어 있구나.'

이런 확신이 들었습니다.

6월 17일, 방문 스태프에게 어머니가 말했습니다.

"손을 잘 움직여요. 괴로운 듯한 표정은 전혀 없고 아주 평온해요. 맥박은 굉장히 빨라서 잴 수 없을 정도지만…… 지금까지의 과정이 R에게는 최선이었다는 생각이 들어요."

이제 누가 봐도 R의 죽음은 코앞으로 다가왔습니다.

6월 19일, 오자와 선생이 왕진을 갔습니다. 오줌도 거의 나오지 않게 되었습니다. 그리고 6월 20일, 영면. 어머니가 곁에서 자고 있었습니다. 호흡과 심장 박동이 훌쩍 멈췄습니다. 거의 알아차리지 못할 정도로 고요한 죽음이었습니다. 새벽 5시 20분. 오전 외래가 없었던 오자와 선생이 방문 수간호사, 스태프와 함께 달려가서 8시에 정식으로 사망 선고를 했습니다.

다음 날 치른 장례식에는 야구부 명선수였던 R답게 친구들이 잔뜩 몰려들어 넓은 교회도 비좁게 느껴질 지경이었습니다. 저는 뒤늦게 도착했는데 비가 갠 교회 정원에는 아직 여기저기에 흐르는 눈물을 훔치며 남아 있는 친구들이 많아서 매우 기뻤던 기억이 납니다. 야구 모자에 유니폼 차림으로 R는 관에

누워 있었습니다. 눈은 양쪽 다 아무 일 없는 양 금방이라도 일어나서 시합을 할 수 있을 것처럼 보였다고 기억합니다만……그때의 의료팀 모두가 입을 모아 말했습니다.

"음, 상식적으로 말하자면 그렇게 부어 있었으니까 붕대를 감거나 안대를 했을 텐데…… 하지만 제 기억에도 아무것도 안 걸친 건강할 때의 R의 얼굴이었던 것 같아요. 좀 이상한 일이지요."

그로부터 열 달 정도 지난 뒤 어머니에게 가족들의 근황을 전하는 편지를 받았습니다.

저는 인정심리사 연수를 받고, 상담사 자격을 따기 위한 논문을 쓰고, '암에 걸린 아이들을 지키는 모임'의 일을 조금씩 거들고, S의 중학교 학부모 임원을 맡고, 마라톤 대회에도 나가고……나름대로 꽤 바쁘게 생활하고 있어요. 남편도 '암에 걸린 아이들을 지키는 모임'의 팸플릿 교정을 도와주기도 하고 마라톤 대회에서 함께 달리기도 하고 회사에서 좋은 책을 만드는 데 힘을 쏟기도 하는 등 그럭저럭 건강히 지냅니다.

그 편지 속에 중학교 문집에 실린 S의 작문 복사본이 들어 있었습니다.

스탠드에 올라가면 독특한 열기가 느껴진다. 고등학교 야구 대회가 열리는 봄방학과 여름방학 때는 언제나 이곳 한신 고시엔 구장*에 온다. 하지만 이번에는 평소와 다른 점이 있다. 형이 곁에 없다는 점이다.

형은 6월에 열다섯 살 생일을 기다리지 못하고 천국으로 떠났다. 오늘은 형의 생일이다. 원래라면 막 열다섯 살이 된 형과 이곳에 올 수 있었을 텐데 생각하며 운동장으로 눈을 돌려보니, 내가 응원하는 팀인 가고시마 실업고교의 선수들이 수비 연습을 하고 있었다. ……(중략)

R는 데이쿄 고등학교의 팬이었던 모양입니다.

형은 어린 시절부터 야구를 굉장히 좋아해서 데이쿄의 세로 줄무늬 유니폼을 입고 고시엔에 나가기를 꿈꿨다. 병에 걸린 뒤로도 부 활동에 열중하는 형의 자세는 적극적이었다. 분명 천국에서도 열심히 야구를 하고 있겠지. "형, 파이팅……"

---

* 효고 현에 있는 한신 타이거즈의 홈구장으로 여기서 매년 열리는 고등학교 야구 대회도 흔히 고시엔이라고 부른다.

8월 15일인 R의 생일은 제2차 세계대전에서 일본이 항복을 선언한 날입니다.

정오의 사이렌과 동시에 구장의 모든 사람들과 함께 일어서서 묵념하며, S는 구장에 있는 모두가 형의 명복을 빌어주는 듯한 기분이 들었을 것입니다.

+++ 망둥이 낚시

 '망둥이'라는 이름의 물고기는 학문적으로는 존재하지 않는
다고 합니다. 수많은 종류의 물고기가 '망둑어과'에 속하는데,
그 가운데 강이 만으로 흘러 들어가는 부근에서 낚이는 것이
'망둑어'고 이것을 우리가 일반적으로 '망둥이'라고 부르는 모
양입니다.

 도쿄만에서 하는 망둥이 낚시는 어느새 우리 집의 여름 연
례행사가 되었습니다.

 매년 여름방학이 끝날 무렵이면 우리 집 남자아이들이 늘
그랬듯 들뜨기 시작합니다.

 "하기와라 아저씨는 아직 연락 안 왔어?"

 "응, 아직."

"이상한데. 슬슬 올 때가 됐잖아."

이런 말을 주고받고 며칠이 지나면 반드시 망둥이 낚시를 하러 가자는 전화가 걸려옵니다.

대체로 8월 마지막 일요일이었습니다. 아직 어두컴컴한 새벽에 집에서 나와 고속도로를 달려서 도쿄만의 오다이바 공원으로 향합니다. 아직 오다이바가 지금처럼 개발되지 않았던 시절의 이야기입니다.

우리 집은 인원이 가장 많은 해는 총 여섯 명, 하기와라 씨 댁은 본인과 부인에 두 따님까지 모두 네 명입니다. 어른들은 바닷가 풀숲에 돗자리를 펼치고 후방지원본부를 설치합니다. 그러면 드디어 망둥이 낚시가 시작됩니다.

낚싯대도 미끼도 전부 하기와라 씨가 준비해주시니 우리는 편합니다. 방파제 위에도 테트라포드 위에도 벌써 사람들이 북적북적하게 모여 있습니다.

"얘들아, 잘 들어. 낚싯대가 부들부들 떨리면 재빨리 휙 낚아 올리는 거야. 미끼인 갯지렁이 꿰는 방법은 알지?"

"네, 전에 배웠어요."

"좋아. 그럼 시작하자."

낚싯대를 드리우는 족족 물어대니 아이들은 정신을 못 차립니다. 아직까지 햇살은 여름이지만 이제 곧 다가올 가을을 예감케 하는 연약함을 품고 있습니다.

아이마다 양동이를 하나씩 나누어줬습니다. 그 안에 큰 놈은 20센티미터는 될 듯한 밝은 갈색 망둥이가 척척 쌓입니다.

망둥이가 산소 부족으로 커다란 입을 뻐끔거릴 만큼 양동이가 가득 차면 점심때가 됩니다. 점심 메뉴는 바비큐입니다. 하기와라 부인이 미리 손질해서 가져온 고기와 오징어 등이 뭉게뭉게 피어오르는 연기 속에서 맛있게 구워집니다.

우리 집은 이날 손님 역할을 맡기로 작정해서 음료와 주먹밥만 준비해갔습니다. 아이들이 먹는 속도에 지지 않도록 두 어머니가 바쁘게 고기를 뒤집는 동안 저와 하기와라 씨는 돗자리 한구석에 나란히 앉아 캔 맥주를 마십니다. 차가운 맥주가 캔에서 곧장 목구멍을 타고 위장으로 도착하는 더없이 행복한 순간입니다.

"다케가 세상을 뜬 지 이제 몇 년이 되었지요?"

"선생님 댁 큰아드님은 올해 몇 살이죠?"

하기와라 씨 댁은 두 따님 위로 다케라는 남자아이가 있었습니다. 제 큰아들과 동갑이었는데 초등학교 1학년 때 세상을 떠났습니다.

급성 림프성 백혈병이었습니다. 그 당시에는 지금과 달리 백혈병은 낫지 않는 병이라고 여겨졌습니다.

니가타 현에서 태어나 중학교를 졸업한 뒤 상경하여 기바의 재목상에서 일한 하기와라 씨의 말버릇은

"어쨌든 우리는 재계材界의 거물이니까······"

였고, 다케는 그런 아버지의 둘도 없이 소중한 보물이었습니다.

"나을 거야. 열심히 고쳐보자."

완치를 목표로 화학요법을 계속했지만, 한 고비만 넘기면 되는 시점에서 재발하고 말았습니다. 이모저모 생각한 끝에 세상에 갓 알려지기 시작한 골수이식을 시도해보기로 하고 어느 대학병원으로 옮겼습니다.

당시 골수이식 기술은 미국이 월등히 진보해 있었고 일본은 아직 미숙했지만, 여동생 중 하나의 골수 타입이 딱 일치해서 병을 고치려면 그 방법밖에 없는 상황이었습니다. 저와 동갑인 소아과 의사가 미국에서 골수이식을 공부한 뒤 그 대학병원으로 돌아와 있었습니다. 저는 기도하는 심정으로 다케를 그에게 부탁했습니다. 그 병원은 마침 저의 귀가길 도중에 있어서 퇴근이 별로 늦지 않은 날이면 상태를 보러 들렀습니다.

처음에는 순조로웠지만 다들 좀 불안하다고 느끼기 시작했던 어느 날 밤, 다케의 병실에 들렀더니 특별한 긴장감이 느껴졌습니다. 담당인 젊은 선생이 일부러 이야기를 해주러 와서

앞으로 이삼일밖에 버티지 못할 수도 있다고 알려줬습니다. 손을 꼼꼼하게 소독한 뒤 마스크를 쓰고 가운을 입고 무균실로 들어가자 다케가 대판 싸우고 난 사람처럼 왼쪽 볼에 멍이 든 채 잠들어 있었습니다.

"다케의 호흡이 거칠어져서 당장이라도 멈출 것 같았거든요. 그랬더니 남편이 '다케, 정신 차려' 하며 뺨을……"

어머니가 눈물을 글썽이며 말해주셨습니다. 아버지의 마음을 생각하니 너무 슬퍼서 멍이 눈물로 번져 흐려졌습니다. 이틀 정도 지나 다케는 세상을 떠났습니다.

그 이듬해부터 시작된 것이 연례행사인 망둥이 낚시입니다.

나란히 앉아 캔 맥주를 마시고, 맛있게 구운 고기를 볼이 미어져라 먹으며 남들에게 들리지 않도록

"선생님, 다케를 못 고친 건 선생님이잖아요."

"맞아요. 미안합니다"

라는 대화를 주고받는 것이 우리의 관례였습니다.

작년 여름방학 때였습니다. 근처에 사는 친구가 많이 잡혔다며 망둥이를 가져다준 적이 있었습니다. 튀김을 해먹으려고 망둥이 여러 마리를 손질하고 있었더니 집에 와 있던 대학생 큰아들이

"그러고 보니 최근 2, 3년 동안 하기와라 아저씨가 안 부르

시네"

라고 했습니다.

일단락이 지어진 것일지도 모릅니다.

올해 기일에는 향을 피우러 가볼까 합니다.

+++ 카자흐스탄

카자흐스탄이라는 나라를 아시는지요? 작년(1997)에 일본 축구팀이 프랑스 월드컵 예선전에서 힘들게 싸운 상대 나라 가운데 하나였으니 들어본 기억이 있는 분은 상당히 많겠지요.

하지만 위치가 어디쯤인지까지 아는 사람은 별로 없으리라 생각합니다. 세계 지도가 있다면 펼쳐봐주셨으면 합니다만, 카자흐스탄공화국은 중국이 중앙아시아 쪽으로 가장 깊게 파고 들어간 부근의 바로 북쪽에 있습니다.

실크로드는 중국에서 출발하여 이 나라로 들어가는 길목에서 험준한 톈산산맥에 부딪혀 산맥 북쪽인 톈산북로와 남쪽인 톈산남로로 갈라집니다. 그중 북쪽 루트가 카자흐스탄을 통과하지요.

중앙아시아는 구소련 핵병기의 원료 공급지로서 핵심적인 역할을 담당했을 뿐만 아니라, 실험을 할 때도 중요한 지역이었습니다. 특히 카자흐스탄에는 구소련 최고의 핵실험장이었던 세미팔라틴스크가 있습니다. 더 가엾게도 이 나라는 중국의 핵실험장에서도 그리 멀지 않습니다.

핵 오염으로 발생하는 갖가지 문제를 어떻게든 해결해주려는 지원 단체가 세계 곳곳에서 움직이고 있습니다. 그중 한 단체가 일본에 있는데, 거기서 요청을 받아 재작년 여름에 일주일 정도의 일정으로 알마티를 방문했습니다. 점점 늘어나고 있는 게 아닌가 걱정되는 백혈병 아이들의 현재 상황을 살펴본 뒤 치료에 관한 조언을 하고 돌아왔지요.

모스크바까지 가서 거기서 조금 되돌아오는 경로로 다섯 시간 정도 비행기를 타면 알마티에 도착합니다.

현지에서 살펴본 바로는 방사선 피해에 따른 소아암 증가가 아직 두드러지지 않은 것 같아서 일단 마음이 놓였습니다. 하지만 일반인뿐만 아니라 의료 종사자조차 방사선의 위험을 실감하지 못하고 있는 데다 피해에 대해서도 무관심하고 무감각하다는 점에는 놀랐습니다.

우리는 유일한 원자폭탄 피해국의 국민으로서 한 사람 한 사람의 마음속에 단단히 뿌리내린 핵에 대한 공포를 더욱 소중히 여기며, 전 세계에 그 무시무시함을 전달해줘야 할 의무가 있습니다. 방사성 물질로 인해 오염이 발생하는 방식에도 몇 가지 종류가 있습니다.

세미팔라틴스크에서 바로 얼마 전까지 실행했다는 지상 핵실험 때는 폭발과 동시에 방사성 물질이 흙모래와 함께 하늘 높이 날아오릅니다. 하지만 성층권까지 가는 양은 얼마 안 되어 대부분은 직접 혹은 대류권의 기류를 타고 비교적 가까운 지역에 고농도인 채 떨어져 내립니다.

덧붙이자면 히로시마나 나가사키에 떨어진 원자 폭탄은 수많은 사람들을 살상하고 마을을 파괴할 목적으로 500미터 정도의 상공에서 터져서 퍼지도록 설정되었습니다. 그 결과 가벼운 우라늄과 같은 방사성 물질은 지상으로 떨어지기보다 성층권까지 날아올라가서 제트 기류를 타고 지구 전체에 구석구석 죽음의 재로 떨어져 내렸습니다.

또 하나 특별한 예로는 원자력발전소 등의 시설 폭발이 있습니다. 이 역시 구소련 체르노빌의 비참한 사고가 잘 알려져 있지요. 화재와 폭발로 방사능을 잔뜩 머금은 연기가 근처의 땅을 오염시켰고, 일부는 기류를 타고 상당히 멀리 떨어진 땅까지 날아가 영향을 끼쳤습니다. 원자력발전소에서 사방 30킬로미터는 완전히 사람이 살지 못하는 땅이 되었다고 합니다.

회복하려면 백 년도 더 걸린다고 하지요. 만약 인구 밀도가 높고 땅덩어리가 좁은 일본에서 그런 일이 일어난다면 인적 피해와 더불어 경제적 타격도 이루 헤아릴 수 없을 것입니다.

카자흐스탄에서 우리가 해야 할 일은 아주 많았습니다. 60병상 정도 되는 소아암 병원을 회진했고 현지 소아과 의사와 증례症例* 검토회를 가졌으며 혈액 표본을 재검토했습니다. 저 말고도 소아과 의사가 두 명 더 있어서 셋이서 이런저런 이야기를 나누었지요.

카자흐스탄이라는 나라에는 빈곤으로 인한 굶주림이 여전히 존재했고, 결핵을 비롯한 각종 전염병에 대한 대책도 충분치 않았습니다. 이런 상황에서 백혈병 치료라는 지극히 선진적인 분야의 국제 협력이 과연 의미가 있을지도 매우 의문이었습니다.

항암제는 물론이고 항생제도 쉽게 구할 수 없는 나라입니다. 독일의 후원단체가 보낸 최신 검사 기기가 있었습니다. 하지만 시약을 뜻대로 손에 넣을 수 없어서 가동하지 못하는 상황이었지요. 그런 곳에 최신 의학 정보와 최신 항암제가 아주 조금 들어옵니다. 이것은 일종의 혼란입니다.

---

* 병이나 상처 등으로 인한 증상의 예.

수혈이나 항생제의 뒷받침이 부족한 채 가장 새롭고도 강력한 화학요법을 시행하면 치료 자체로 아이들이 죽고 맙니다.

개발도상국에 대한 지원의 어려움을 절실히 느꼈습니다. 일본이 성공적으로 근대화를 이루어낸 점을 감사히 여겼습니다.

그러나 카자흐스탄은 좋은 나라입니다. 느긋하게 흐르는 시간 속에서 사람들과 교류하는 것은 저에게 한순간의 꿈처럼 느껴졌습니다. 참된 풍요에 대해 생각하며, 인간의 진보란 대체 무엇인지 고민하게 되었습니다.

* * *

최근 2, 3년 동안 병원성 대장균에 의한 설사증이 주목받았습니다.

우리 세대가 어렸던 시절에는 여름이면 교장 선생님이 이질이나 세균성 식중독 등에 주의하라고 반드시 당부했습니다.

여하튼 냉장고라는 물건은 부유한 집에만 있었으니까요. 우리 집은 의원이어서 차갑게 보관해야 하는 약품이 있었기에 진료실 옆에 냉장고가 있었습니다. 그것도 매일 얼음 장수가 냉장고용 얼음을 가져다주러 왔다고 기억하니, 첫 무렵에는 전기가 아니라 얼음으로 차게 만드는 냉장고였을 겁니다.

그런 시대였으니 날것은 그날 안에 다 먹어야만 했습니다. 너무 많으면 이웃집에 나눠줍니다.

머지않아 전기냉장고가 보급되었고 방부제가 식품에 첨가되면서 4, 5일 전에 만든 두부조차 쉬지 않게 되었습니다. 다들 그 상황에 점점 익숙해졌지요.

그런 다음 자연식 유행, 미식 유행이 찾아왔습니다.

당연히 첨가물이나 방부제는 추방될 수밖에 없었습니다.

여기서 모두가 오랫동안 방치하면 음식은 썩기 때문에 먹으면 탈이 난다는 사실을 다시 머릿속에 새겼어야 했는데……그 인식이 여전히 무르다는 것은 병원성 대장균 뉴스를 기회삼아 깊이 반성해야 할 부분입니다.

실크로드 깊숙한 곳, 카자흐스탄에도 냉장고 비슷한 상자가 있었지만 차갑지가 않아서 그저 식품 보관용 박스일 뿐이었습니다.

이 나라 사람들의 주요 단백질원은 양과 닭입니다. 둘 다 시장에서 산 채로 사고팝니다.

산 채로 식품을 보존하는 것이 부패를 방지하는 가장 좋은 방법입니다. 이 단순한 생각에 도달하기까지 저의 머리는 시간이 조금 필요했습니다. 현대 문명에 중독된 것일지도 모르지요. 주의해야겠다고 생각했습니다.

가을

fall

+++ 운동회

병동 일을 끝내고 저녁부터 치바의 이나게까지 왕진하러 갔습니다.

"병원은 싫으니까 집에 있고 싶어"

라고 주장한 백혈병 환자 유코의 집입니다. 최근 10년 정도 사이에 몇 번이나 재발했지만 그때마다 놀라운 생명력으로 병과 싸워 완승을 거둬온 열일곱 살 여자아이입니다.

이번에는 생각할 수 있는 치료는 모조리 해봤는데도 백혈병 세포가 없어지지 않았습니다. 그것도 죄다 사실대로 이야기했지만, 외롭고 지겨워서 도무지 견딜 수 없다며 입원하라는 병원의 권고를 딱 잘라 거절했습니다.

그 뒤 유코는 집에서 좋은 시간을 많이 만들고 싶다며 부모님, 언니와 함께 노력하고 있습니다.

유코는 거실 침대에서 그럭저럭 기운차게 지내고 있었습니다.

"뭐야, 오늘은 선생님뿐이에요? 오자와 선생님도 간호사 언니도 안 왔네요."

"미안하다. 오늘은 아무래도 일정이 안 맞았거든. 다음번에는 두 사람 다 꼭 데려올게."

좋아하는 손님이라면 여러 명 오는 편이 즐겁고 기쁜 게 당연합니다. 진찰을 마치고 준비해온 혈소판 수혈을 시작합니다. 수혈이 끝날 때까지 이런저런 시시한 이야기를 하면 어머니와 언니가 잘 웃어줍니다. 어머니가 정성껏 만든 저녁식사를 거절하지 못해서 와구와구 먹고, 검사용 채혈을 마지막으로 일을 전부 끝내고 돌아갈 무렵에는 여덟 시가 훨씬 지나 있었습니다.

'얼른 병원으로 돌아가서 검체를 검사실에 넘기지 않으면 검사원들에게 혼날 텐데.'

마음이 조금 급해져서 스피드광의 진가를 발휘하며 완간灣岸고속도로를 타고 도쿄로 향했습니다. 홀로 하는 드라이브이니 마음껏 액셀을 밟을 수 있습니다. 얼마쯤 가자 왼편에 디즈니랜드가 보입니다. 신데렐라성이 조명에 비쳐 떠오릅니다. 마침 그때 성 바로 위의 하늘로 커다란 불꽃이 터져 올라갔습니다. 창문 너머라서 소리는 거의 들리지 않습니다.

'저 불꽃 아래에는 아이들과 열심히 놀아주고 있는 아버지들도 많겠지.'

한 아버지로서는 평범한 생활을 생각하면 조금 가슴이 아픕니다.

'그러고 보니 마이가 있는 곳에서도 잘 보이겠네.'

한 소아과 의사로서 저는 우라야스의 시영묘지에 잠들어 있는 마이를 떠올렸습니다.

"집에 가고 싶어."

이것이 마이의 입버릇이었습니다. 유코가 이용하는 재택 케어 시스템이 그 당시에는 아직 완성되지 않아서 마이는 마지막 시기에 열심히 참아가며 병실에서 버텼습니다.

다섯 살 때 발병해서 여덟 살을 앞두고 짧은 일생을 끝낸 마이는 우라야스 집의 자기 방에서 디즈니랜드의 불꽃놀이를 보는 것을 몹시 좋아했습니다. 디즈니랜드가 이제 막 완성되었을 무렵이었습니다.

천국으로 떠난 뒤, 마이가 잠들 묘지를 정하는 데 아버지와 어머니가 내건 첫 번째 조건이 '디즈니랜드의 불꽃놀이가 보일 것'이었습니다. 그리고 마이는 그 조건을 완벽하게 만족시키는 묘지에 잠들어 있습니다.

잠시 마이를 떠올리며 핸들을 움켜쥐었습니다.

아주 다정한 아이였습니다. 유치원 상급생일 때의 운동회 일화를 어머니가 들려주신 적이 있습니다.

정기적으로 외래 치료를 받는 와중에도 열심히 노력해서 릴레이 선수로 뽑힌 마이는 운동회 날을 위해 동네 일주 트레이닝을 매일매일 빼먹지 않고 했습니다.

드디어 운동회 당일이 되었습니다. 아버지와 어머니, 초등학생 오빠는 마이가 아주 좋아하는 음식으로 가득 채운 도시락과 마이의 대활약을 기록할 카메라를 들고 다 함께 길을 나섰습니다. 아버지와 어머니의 마음 한구석에는 이것이 어쩌면 딸의 마지막 운동회가 될 수도 있다는 걱정이 도사리고 있었습니다.

바로 그래서 릴레이 때 열심히 달려주기를 간절히 빌었던 것입니다. 그러나 유감스럽게도 릴레이를 하는 마이의 씩씩한 모습은 아무도 볼 수 없었습니다.

무슨 일이 있어도 릴레이에 나가고 싶다며 엉엉 우는 아이가 있어서, 가엾게 여긴 마이가 스스로 바꿔주겠다고 말하고는 양보했던 모양입니다.

점심 때 다 함께 도시락을 먹으며 어머니는 그 이야기를 마이에게서 들었습니다.

'이 애는 왜 이렇게 착할까!'

라고 생각했다고 합니다.

하지만 이제 두 번 다시 겪지 못할지도 모르는 운동회에서 마이가 열심히 뛰는 모습을 볼 수 없었던 아버지와 어머니의 마음을 생각하면, 마이의 다정함이 한층 슬프게 느껴져서 눈물이 납니다.

어린이집 시절부터 쪼르르 돌아다니는 걸 좋아해서 침착하지 못했던 저는 제가 나갈 순서가 올 때까지 홍팀과 백팀으로 나뉜 대기석에 얌전히 앉아서 응원을 계속해야 하는 게 너무 괴로웠습니다. 그래서 제게 운동회는 별로 즐거운 이벤트가 아니었지요.

살짝 빠져나와 교정 한구석 풀밭에서 메뚜기를 뒤쫓거나 안면 있는 아이스바 장수에게 헐값에 파는 팥아이스바를 공짜로 하나 얻어먹으며 시간이 흘러가기를 기다렸습니다. 기대하는 것이라고는 어머니가 가져오는 찬합 도시락뿐이었습니다.

그런 저도 아버지가 되어 아이들의 운동회에 가게 되었습니다. 그랬더니 사고방식이 완전히 바뀌어서 세상에 이렇게 감동적인 행사는 없다고 생각하게 되었습니다.

아이들이 에너지를 불태우며 작은 팔다리를 열심히 움직이고, 있는 힘껏 운동장을 뛰어다닙니다. 그것만으로도 충분히 감동적이어서 눈물이 납니다. 큰아들이 유치원 운동회에서 처음으로 뛰었을 때는 저도 모르게 가슴이 뭉클해져서 허둥지둥 무언가를 찾는 척하며 눈물을 훔치기도 했습니다.

소아과 의사가 되어 마이 같은 아이를 몇 명이나 본 뒤로는 더더욱 그런 경향이 강해졌지요.

동네를 거닐다 우연히 운동회 장면을 마주치면 들여다보지 않고서는 견딜 수 없습니다. 꼬맹이들이 열심히 하는 모습을 보면 아이들 저마다의 집과 그를 둘러싼 인간관계 등을 상상하며

'모두 힘내라'

하고 마음속으로 크게 외칩니다.

마이부터 운동회까지 이것저것 생각하다 보니 디즈니랜드의 불꽃놀이는 저 멀리로 사라져 보이지 않게 되었습니다.

+++ 잊지 못할 날

살다 보면 때로 잊지 못할 하루가 생깁니다. 작년 9월 12일이 그런 날이었습니다.

예술영화를 주로 상영하는 영화관인 이와나미홀의 스태프 K 씨에게 안내받은 특별시사회 기간이 이제 곧 끝날 것 같아서, 반드시 그 주 언제쯤 시간을 내서 가고 싶다고 생각하던 차였습니다. 우연히 그날 오전 업무가 빨리 끝난 데다 저녁 일정으로 외출할 일이 생겨서 오후 외래 예약을 적게 잡아두었는데, 그 예약이 드물게 취소된 것입니다. 얼씨구나 뒷일을 젊은 선생에게 맡기고 병원을 뛰쳐나갔습니다. 3시 15분부터 시사회가 시작되니 딱 좋은 시간입니다.

이와나미홀은 간다진보초에 있지만 이번 건은 특별시사회

여서 긴자의 뒷길에 있는 시사실이 시사회장입니다. 조금 찾아가기 힘든 곳에 있는 건물의 3층으로 올라가자 접수처가 있었고, 모두 자리에 앉아서 이제 곧 영화가 시작될 참이었습니다.

〈우먼스 테일A Woman's Tale〉이라는 호주 영화였습니다. 50석 정도 되는 작은 시사실의 자리는 70퍼센트 정도 차 있었는데, 어째서인지 손님 대부분이 중장년부터 노년의 여성뿐이어서 저도 모르게 남자 손님을 찾았습니다.

호주 중에서도 멜버른이 무대입니다. 주인공인 마사는 폐암을 앓는 일흔여덟 살 할머니입니다. 노화와 병으로 육체적으로는 쇠약해져가는 중이지만 유머 감각과 자립심이 풍부해서 누구와도 쉽게 어울리는 이 할머니는 사랑하는 아들의 가정에도 신세를 지지 않고, 아들이 권하는 실버타운과 병원도 거절한 채 방문 간호사인 안나의 보살핌을 받으며 쾌활하게 생활합니다. 독거노인, 매춘부, 게이 커플 등 다양한 사람들이 등장하는데 다들 나름대로 열심히 살고 있습니다. 마사는 작은 새 지저스와 검정고양이 샘을 돌봅니다.

이 할머니를 연기하는 실라 플로랜스라는 배우가 박진감 넘치는 연기를 보여주는데, 사실 이분은 실제로 암에 걸려서 병과 싸우며 열연을 펼쳤습니다. 이 작품으로 호주 아카데미 최우수 여우주연상을 받았고 얼마 뒤 곧바로 세상을 떠났다지요.

마사는 죽음이 코앞으로 다가왔다는 이야기를 듣고 인생의 추억이 담긴 물건들로 가득 장식된 방에서 좋아하는 사람들만 지켜보는 가운데 죽기를 희망하고, 그 바람대로 죽습니다.

의사도 간호사도 최종적으로는 마사의 결정을 최우선으로 여기며 어떻게 뒷받침해줄지를 결정해나갑니다.

분별 있는 사람에게 어느 정도 시간적 여유가 주어질 경우 선택할 수 있는 죽음의 방식입니다.

죽는 본인의 마음가짐이 삶을 살아가는 태도에 크게 영향을 끼치는 것 같습니다. 자신이 얼마나 이 세상에 필요한 존재인지를 강하게 느끼는 마음이 살아가는 힘의 원천이라는 제작자의 주장이 명확하게 드러나 있습니다. 기력 넘치는 할머니의 일상생활과 죽음을 모두 본 뒤, 마흔아홉 살인 저는 약간 압도되는 느낌을 받으며 택시를 타고 도쿄 역으로 서둘러 향했습니다.

저녁때의 볼일은 요코하마에서 열리는 장례식입니다. 그것도 두 건이었습니다.

첫 번째는 성누가병원의 소아과 후배인 이와호리 선생의 장례식입니다.

그는 치바대를 졸업하고 성누가병원에서 수련의 생활을 한 뒤 가나가와 어린이 의료센터의 순환기과 의사가 되었습니다.

그로부터 벌써 10년 정도의 세월이 흘렀습니다.

그 전전날 이와호리 선생과 동기였던 젊은 선생 둘과 제 전임 소아과 부장에게서 거의 동시에 그가 갑자기 죽었다는 연락을 받았습니다. 깜짝 놀랐습니다.

학창 시절에는 럭비를 했고 수련의 기간에는 스쿠버 다이빙에 푹 빠져서 바다 잠수를 즐겼던 스포츠맨인 그가 협심증 발작으로 괴로워한 것은 약 1년 전부터였던 모양입니다. 순환기는 그의 전공분야이니 나름대로 주의는 했을 텐데……

어두워지기 시작한 길을 따라 장례식장까지 걸어갑니다. 비가 본격적으로 퍼붓기 시작했습니다.

성누가병원의 소아과로 돌아와서 순환기팀에 힘을 보태달라고 부탁하러 간 적이 있습니다. "아직 여기서 연구하고 싶은 게 있고, 또 미국으로도 유학가고 싶어서 지금은 어렵습니다"라고 거절당했던 일을 떠올렸습니다.

아침에 막 일어났을 때 심한 발작을 일으켜서 눈 깜짝할 사이에 저세상으로 떠났다고 합니다. 출산이 코앞인 부인이 꼬맹이를 데리고 다부지게 행동하는 모습이 몹시 애처로웠습니다.

다음 용건이 있었던 저는 줄 앞쪽에 서서 향을 피우고 그대로 역으로 향했습니다. 이제부터 장례식장으로 가는 사람들과 스쳐 지나갔습니다. 아는 소아과 의사, 간호사, 그리고 환자 부모님, 모두가 입을 모아 "앞으로 더더욱 활약할 나이였는데"라고 하는 말에 고개를 끄덕이며 역에 도착했습니다.

장차 사회적으로 더 공헌할 수 있었을 어른의 죽음 가운데 한 종류입니다. 살려고 하는 에너지가 갑자기 강제로 멈춰버리는 것은 원통하다고밖에 표현할 길이 없습니다.

살아 있는 한 우리도 일상생활 속에서 어느 정도 각오는 해둬야겠다는 생각에 잠기며 전철로 요코하마 역으로 돌아가서, 거기서 요코하마 선을 타고 도카이치바로 향했습니다.

다음은 오늘의 마지막 일정입니다. 어제까지 우리 병원에 입원해서 잘 버텨온 사토의 장례식입니다. 도카이치바 역에서 장례식장으로 향하는 어두운 길을 걸으며 사토와의 반년을 회상했습니다.

사토는 아홉 살 여자아이로 아키라는 네 살배기 여동생이 있었습니다. 일 년 남짓 전 가을에 왼쪽 무릎이 아파서 근처 대학병원에서 진찰을 받고 무릎뼈 엑스레이를 찍었다고 합니다. 결과는 뼈종양 가운데 뼈육종이 의심되어 오츠카의 암연구회 부속병원으로 옮겼습니다. 1995년 12월이었습니다. 직접 침을 찔러 넣는 생체 검사를 했고 수술 전 화학요법이 시작되었습니다. 암연구회 부속병원에는 소아병동이 없어서 할머니, 할아버지 환자들에게 둘러싸인 나날이었습니다. 간호사들은 물론 주위 환자들도 사토를 몹시 귀여워했습니다. 괴로운 화학요법을 두 달 정도 받고 종양을 광범위하게 잘라냈습니다. 뼈가 부족해진 부분은 뼈 이식이라는 방법으로 보강한 뒤 다시 화학요법을 시작했습니다. 치료도 순조롭게 진행되어 이제 남은 치료 기간은 어느 정도일지 가족들이 헤아려보던 무렵, 왼쪽 폐로 뼈육종이 전이된 것이 발견되었습니다. 그리고 수술을 받았고요. 예전이라면 이 시점에서 포기했을 테지만, 특히 뼈육종 폐전이의 경우 집요한 절제 수술과 화학요법이 치유로 이어진다는 것이 최근의 상식으로 자리 잡고 있습니다.

병터 두 군데가 왼쪽 폐에서 잘 제거되어 막 한숨을 돌렸던 1996년 11월, 왼쪽 무릎에 다시 병터가 나타나서 결국 12월에 왼쪽 넓적다리의 윗부분을 조금 남겨두고 왼다리를 잘라내게 되었습니다. 폐에도 또다시 전이가 발견되어 수술했고요.

이 무렵부터 낫지 않을지도 모른다는 걱정이 부모님의 마음속에 싹텄습니다. 아무리 열심히 화학요법을 받아도 얼마 지나면 폐의 전이가 늘어나고 흉강 안에 물이 찼습니다.

1997년 3월에 암연구회 부속병원 정형외과의 가와구치 선생이 앞으로는 치료를 하기보다 소아암 전문의가 있는 병원에서 좋은 시간을 되도록 오래 가지기 위한 터미널 케어를 받는 편이 더 나을 것이라고 권해서 우리 병원으로 옮겨왔습니다.

"이제 흉수도 전혀 줄어들지 않으니 신세 지는 기간도 짧을 것 같습니다. 성가신 부탁을 드려서 면목 없지만 잘 부탁드립니다."

암연구회 부속병원 선생님에게 이런 전화를 받았습니다. 암연구회 부속병원을 퇴원하고 오랜만에 4, 5일 동안 집에서 보낸 뒤 성누가병원으로 온 사토는 처음 보는 제게 수줍어하면서도 방긋방긋 웃어주었습니다. 양쪽 폐에 수술 자국이 있었고, 왼쪽 넓적다리 한가운데부터 아래쪽은 잘라내고 없었습니다. 하지만 꽤 활기찼지요.

가슴 엑스레이를 찍어봤더니 신기하게도 양쪽 폐에 다발성 폐전이는 보였지만 걱정했던 흉수는 완전히 없어져 있었습니다. 수술 뒤에 받은 화학요법이 천천히 효과를 보였던 거겠지요.

'좋았어. 즐거운 시간을 선물할 수 있을지도 몰라.'

저는 이렇게 생각하고 아버지, 어머니와 신중하게 이야기를 나눴습니다.

이제 낫지는 않는다는 것, 좋은 시간을 만들고 되도록 오랫동안 그 시간이 이어지도록 궁리할 것, 이를 위해서는 연락을 자주 주고받는 게 중요하다는 것, 마지막은 아프거나 괴롭지 않게, 무섭거나 외롭지 않게 해주자는 것이 이야기의 요지였습니다.

생활에 제한을 두지 않고 하고 싶은 일을 시켜주기로 했습니다. 3월 25일은 종업식 날이어서 학교에 갔습니다. 사토는 오랜만에 가는 학교였습니다. 3월 27일에 입원해서 다음 날에 케모포트라는 링거 주입구를 몸속에 심는 수술을 했습니다.

케모포트는 플라스틱 원반으로 요요를 축소한 것처럼 생겼습니다. 요요의 실에 해당하는 부분이 테플론 튜브인데 이 튜브는 본체 내부의 공간으로 이어져 있습니다. 튜브 끝은 상대 정맥에 넣고 요요는 오른쪽 가슴 피부 아래에 심습니다. 이 요요 모양의 포트 윗부분은 생고무로 덮여 있는데, 피부 위로 이 생고무에 바늘을 찔러 넣으면 간편하게 링거를 맞거나 수혈을 할 수 있는 데다 채혈도 그 김에 할 수 있는 편리한 기구입니다. 이제부터 해나갈 터미널 케어에 분명 크나큰 도움이 되겠지요.

사흘 만에 퇴원한 사토의 다음 목표는 5월 황금연휴 때 아버지의 고향인 홋카이도에 놀러가는 것이었습니다.

4월 중순이 되자 조금씩 다시 흉수가 차오르기 시작했습니다. 그래도 사토는 기운찹니다. 4월 26일에는 병원 외래를 받고 돌아가는 길에 디즈니랜드에 가기도 했습니다.

컴퓨터 관련 업무로 바쁜 아버지가 쉴 수 있는 황금연휴에 사토의 컨디션이 괜찮은 시기를 맞출 수 있다면 좋겠다고 생각하며 상황을 살펴봤지만, 기침이 나기 시작했고 흉수도 방치할 수 없는 상태가 되어 연휴 직전인 4월 28일에는 입원하는 처지가 되었습니다.

'이런 상황이라면 이제 홋카이도 여행은 어려울지도 몰라.'

저는 이렇게 생각했습니다. 희망이 있다면 예전 병원에서 받은 화학요법이 일시적이긴 해도 효과가 있었다는 것이었습니다.

그러는 동안에도 숨이 막히는 증상은 심해졌습니다.

부모님과 상담하고 본인에게도 알린 뒤, 산소마스크를 쓰고 이틀 뒤부터 항암제로 치료하기 시작했습니다. 닷새 동안의 치료가 끝나자 흉수 양은 더더욱 늘어갔습니다.

'이제 틀렸을지도 몰라'

라고 생각하면서도

"암연구회 부속병원에서도 효과가 없을 거라 생각해서 포기했지만 우리 병원에 와서 얼마 뒤에 좋아졌잖아요. 승부는 이제부터예요"

이렇게 지푸라기라도 잡는 심정으로 큰소리를 쳤습니다.

열흘 정도 지나자 신기하게도 엑스레이상에서 효과가 보이기 시작했습니다. 5월 16일에는 병원 옆 공원의 한구석을 빌려서 소아병동 하이킹 겸 바비큐 대회를 열 예정이었는데, 놀랍게도 본인이 참가하고 싶다고 말을 꺼낼 정도로 건강해졌습니다.

날씨도 무척 좋아서 모두가 즐거워한 행사가 되었습니다. 병실로 돌아온 사토는

"밥이 맛있어서 엄청 먹었어요. 근데 바깥은 무지 더웠어요"

라고 활기찬 목소리로 말했습니다. 예전 병원의 건물에 비하면 지금의 병실은 창이 몹시 작아졌습니다. 에너지 절약이니 뭐니 이런저런 이유가 있겠지만 병원에서 요양하는 아이들이 경치를 못 보고 바깥 공기를 접할 수 없는 건 매우 섭섭한 일입니다. 밖에 나가기만 해도 아이들은 건강해지니까요.

다음 날 부모님과 이야기를 나누었습니다.

"홋카이도로 여행을 간다면 지금밖에 없어요."

홋카이도대학을 나온 모리모토 선생을 통해 홋카이도의 지인 선생님께 전화를 걸어서 만일의 경우 돌봐달라고 부탁해뒀습니다. 아버지가 워드프로세서로 홋카이도 여행 계획이라는 문서를 만들어왔습니다. 그야말로 주도면밀한 계획이었습니다.

5월 22일, 가족들은 아침 9시에 자가용으로 요코하마의 자택에서 출발해 11시에 병원에 도착했습니다. 사토의 외박이

시작되었습니다. 오후 1시 20분발 JAS 109편으로 하네다에서 출발, 치토세 공항에서 렌터카를 빌려서 오후 5시에는 삿포로의 삼촌 댁에 도착. 다음 날 9시에 삿포로를 떠나 아사히카와에서 점심을 먹고 오후 5시에 아버지의 고향인 하마톤베츠에 도착합니다. 아버지가 태어난 집에서 사흘간 묵은 뒤 다시 이 코스로 되돌아와 5월 26일에 아사히카와 공항에서 오후 5시 40분발 JAS 126편을 탑니다. 저녁 7시 20분에 하네다에 도착한 뒤 그날 밤은 집에서 보내고, 다음 날인 30일 아침 10시에 병원으로 돌아와 외박을 마치는 일정이었습니다.

대장정은 컨디션이 나빠지는 일도 없이 대성공이었습니다. 하지만 부모님은 걱정이 되어서 하네다에서 병원으로 곧장 돌아왔습니다.

"게가 맛있었어요"

이렇게 이야기해주던 사토의 목소리가 귓가에 남아 있습니다.

그 뒤로도 흉강 안의 종양은 또다시 계속 커져갔습니다. 어떻게든 처치를 하며 6월 말에 열린 학교에서 하룻밤 자는 행사에는 참가했지만, 26일 생일날은 기력이 없어서 큰일이었습니다.

그로부터 세상을 떠난 9월 10일까지 사토의 노력은 눈물겨

웠습니다. 거의 공기가 들어가지 않는 상황에서 산소 흡입이
이어졌고, 왼쪽 어깨가 아프기 시작해서 모르핀도 함께 썼습니
다.

그래도 사토는 한 번도 힘들다고 말하지 않았습니다. 몸에
부담이 가지 않을 정도로 화학요법을 써본 결과 기적적으로
다시 소강상태가 되었습니다.

"배고파요"

라며 온천계란을 부탁했을 때는

"장하네, 사토"

하며 저도 모르게 머리를 살짝 쓰다듬어줬습니다. 사토는
점점 조용해지다 아버지와 어머니가 지켜보는 가운데 9월
10일 저녁 9시 42분에 숨을 거두었습니다. 아주 편안한 죽음
이었습니다.

벌써 저녁 8시가 지났습니다. 장례식장으로 향하는 길을 걸
어가고 있는데도 아무와도 스쳐 지나지 않는 것으로 보아 벌
써 식이 마무리되었는지도 모릅니다. 하지만 "하룻밤 내내 장
례식장에 있을 테니 늦어져도 신경 쓰지 말고 오세요"라는 아
버지의 전화에 기대어 입구로 들어가자 이미 분향대도 치우고
있는 참이었습니다. 다들 모여 있는 옆방에서 아버지와 어머
니가 나오셔서 홀로 향을 피웠습니다. 오자와 선생과 도도코로

선생도 직전까지 있었다고 하니 도중에 엇갈린 것일지도 모릅니다. 분향한 뒤 밥을 먹는 자리에 갔다가 처음으로 홋카이도의 할머니를 만났습니다.

"아홉 살짜리 가운데 사토처럼 침착하고 조용하게 병과 맞서 싸운 아이는 본 적이 없어요. 부모님의 각오가 굳건하고 매사를 굳세게 받아들여주셔서 큰 도움이 된 것 같습니다."

이렇게 말씀드리자 만족스럽다는 듯 고개를 끄덕이셨습니다.

언제나 세상을 떠나는 아이들을 배웅할 때면 저의 나이를 생각합니다.

노인의 죽음, 한창 때인 사람의 죽음, 그리고 아이의 죽음이라는 강렬한 충격 세 가지가 한나절이라는 시간 안에 꽉 차 있었습니다.

살아 있다는 건 매우 망막하고도 힘든 일인 것 같습니다. 저를 포함한 남겨진 사람들에 대해 생각하면, 살아 있다는 건 얼마나 슬픈 일인지요.

+++ 대선배

《도서》라는 월간 소책자가 있습니다. 이와나미출판사에서 출간하는 책을 안내하는 잡지인데 책을 좋아하는 사람이 대상입니다. 이 인쇄물을 부지런히 읽는 아버지가 어느 날

"여기에 너도 아는 소아과 선생님이 재미있는 글을 썼으니까 읽어보면 좋을 게다"

라며 1996년 5월호를 보내주셨습니다.

마츠다 미치오* 선생님이 〈의사는 알아주지 않는다〉라는 제목으로 상당히 긴 글을 쓰셨더군요.

그 글 가운데 선생님은

스스로 죽음을 택하는 것은 일본에서는 윤리적 선택 가운데 하

나였다. 오래 전 오토타치바나히메[**]는 해신의 분노를 잠재우기 위해 스스로 물에 뛰어들었다. 무사는 책임을 분명히 지기 위해 할복했다. 주군의 어리석은 행동에 대해 충고하며 배를 갈랐다. 서민들 중에서도 결혼하지 못하는 연인들은 동반자살을 했다. 동반자살은 나쁜 일이 아니었다. 에도시대의 가부키 작가 치카마츠 몬자에몬은 이를 슬프지만 아름다운 이야기로 드라마화했다.

이렇게 일본과 서구의 자살에 대한 견해 차이를 이야기한 뒤, 인간으로서의 위엄을 유지하기 어려운 상황에 놓인 여든다섯 살의 주지 스님이 특별양호 노인홈[***]에서 목을 매달아 자살한 일에 대해

여든다섯 살 신앙자의 선택을 존중하는 사고방식도 필요하다

---

[*] 松田道雄(1908~1998). 일본의 소아과 의사, 육아평론가, 역사가. 일본을 대표하는 육아 가이드 『육아의 백과』를 비롯해 수많은 책을 펴냈고 주요 저작이 치쿠마쇼보에서 〈마츠다 미치오의 책〉(전16권)으로 정리되었다. 러시아어 사료에 기초한 러시아 혁명사 연구의 개척자로 역사 분야에도 큰 족적을 남겼다.

[**] 고대 일본의 황족인 야마토타케루의 아내로 거친 파도를 잠재우기 위해 바다에 몸을 던졌다고 전해진다.

[***] 신체적·정신적으로 심각한 장애가 있어서 상시 간호가 필요한 노인만 들어갈 수 있는 요양시설.

라고 긍정하습니다.

마츠다 선생님은 소아과 의사 대선배로 많은 책을 쓰셨습니다.

아침에 책을 읽으려고 소파에 앉으면 예전에는 곧바로 읽기 시작했는데, 요즘은 아무것도 하지 않은 채 멍하니 구름의 형태를 바라보며 삼십 분이든 한 시간이든 흘려보내는 일이 많아졌다.

그 선생님이 위와 같은 상황 속에서 자신의 생명에 대해 이런저런 생각을 하고 계신 것이 몹시 감동적이었습니다.

몸이 점점 쇠약해진다는 것이 무엇인지 조금은 알 듯한 기분이 들었습니다.

마흔 살이 아니면 알지 못하는 일이 있다는 것, 쉰 살이 되고서 비로소 떠오르는 생각도 있다는 것은 저 스스로 실감하고 있습니다. 예순, 일흔, 여든이 되었을 때 이 세상이 어떤 식으로 보일지 지금의 저로서는 도무지 짐작도 안 되어야 하겠지만, 이 문장을 읽었을 때 그 기분을 약간은 느낄 수 있었습니다.

일본의 의사는 더욱 오래 살아서 치료뿐만 아니라 더 넓고도 깊은 의학의 사명을 이해하는 것이 바람직하다고 역설적인 결론을 내리신 점도 몹시 좋았습니다.

저는 제 감상을 짤막하게 정리해서 선생님께 편지를 보냈습니다.

그로부터 1년 남짓 지난 무렵, 마츠다 선생님이 편지와 함께 책을 보내주셨습니다.

제가 읽고 감격한 〈의사는 알아주지 않는다〉에 나이가 들어 몸이 쇠약해지면 인간의 생명에 대한 관점이 바뀐다는 이야기를 한 글인 〈고령자 돌보기의 문제점〉과 안락사에 대한 글인 〈시민적 자유로서의 생사 선택〉을 더해 한 권으로 엮은 『안락하게 죽고 싶다』라는 책입니다.

일본 전통종이로 만든 편지지에 큰 붓글씨로 쓴 편지였습니다.

> 그 뒤로 건강히 지내시는지요. 저는 보내드리는 책의 3쪽에 쓴 것과 같은 상태입니다. 이 책의 38쪽에 등장하는 팬레터를 주신 당신에게 감사하며 보내드립니다.

3쪽을 펼쳤습니다.

> 저는 올해 세는나이*로 아흔 살이 되었습니다. 고맙게도 아직

자리에 드러눕지 않았습니다. 그리고 일도 계속하고 있습니다. 일이라 해봐야 이와나미에서 낸 『육아의 백과』를 일 년에 한 번 개정하기 위해 외국의 의학 잡지를 읽고 새롭게 발견된 내용을 골라내서 쓰는 것뿐입니다. 이 일은 소파에서 뒹굴며 할 수 있으니 체력이 없어도 가능합니다.

체력에 관해 말하자면 작년 여름부터 갑자기 약해졌습니다. 아무것도 하지 않아도 온몸에 힘이 없습니다. 다리가 약해져서 일어설 때 무언가를 붙잡고 싶습니다. 일단 일어서면 걸을 수 있지만 150미터 떨어진 우체국에 우편물을 부치러 가는 것이 고작입니다. 그것도 지팡이를 짚고 가는 게 편합니다.

'아, 그랬구나.'

시골에서 아직 개업의로 열심히 일하고 있는 아버지의 모습을 떠올렸습니다. 완전히 같은 상황입니다.

그런 다음 38쪽을 펼쳤습니다. 그리고 저도 모르게 싱긋 웃으며 눈물이 차올랐습니다. 거기에는 다음과 같은 문장이 있었

---

* 일본도 예전에는 한국처럼 태어난 해에 1살, 이듬해 1월 1일에 모두 함께 2살이 되는 '세는나이數え年'가 일반적이었으나 1873년부터 여러 차례 법률로 만 나이를 사용하도록 권장하여 지금은 만 나이가 정착되었다.

기 때문입니다.

　　노쇠한 인간으로서 하고 싶은 말을 얼추 다 토해냈습니다. 머리도 노쇠하니 틀린 부분도 있겠지요. 반대하는 편지를 보내셔도 이제 논쟁할 기력이 없습니다. 찬성하는 편지라면 주십시오. 기운이 나니까요.

　　《도서》가 나왔을 때 편지를 보내준 사람은 실버타운이나 특별요양 노인홈을 운영하는 분들이었습니다. 의사가 보낸 팬레터는 한 통밖에 없었습니다.

그 마츠다 선생님도 작년에 돌아가셨습니다.

+++ 주먹밥의 맛

국제 소아암 학회에 참석하기 위해 샌프란시스코에 갔습니다. 일 년에 한 번 열리는 이 학회가 요즘 저의 거의 유일한 국제학회입니다. 미국에서 일하던 시절의 그리운 친구들을 만날 수 있다는 것도 커다란 낙이지요.

재택 케어를 받는 말기 환자가 있어서 이번에는 못 가겠거니 단념하고 있었는데, 그 아이가 학회 직전에 갑자기 세상을 떠나고 말았습니다. 어느새 여권 만료 기간이 지나 있었고, 마침 비행기도 호텔도 예약이 꽉 찬 상황이었습니다. 그런 악조건에도 굴하지 않고 아는 여행사에 무리하게 부탁해서 간신히 사정을 맞추어 출발할 수 있었습니다.

심포지엄은 내실 있었고, 친구들과도 오랜만에 만나서 숨

가쁜 일상을 완전히 잊어버리고 뜻깊은 일주일을 보냈습니다.

그나저나 미국은 역시 먼 나라입니다. 이런저런 기대와 긴장 탓도 있어서인지 갈 때는 딱히 힘들지 않지만 올 때는 늘 시차 적응이 힘듭니다. 이번에는 조금 사치를 부려서 호놀룰루에서 하룻밤 묵으며 컨디션을 바로잡은 뒤 돌아오기로 했습니다.

'어휴, 도쿄로 돌아가면 또 일이구나.'

자리를 비운 사이에도 점점 쌓이고 있을 일을 떠올리자, 정오가 지나 체크인한 호텔에서 보이는 노을이 조금씩 색채를 잃어가는 것과 같은 속도로 기운이 빠져나갔습니다.

밥을 먹으러 밖에 나가기도 귀찮아서 호텔 안의 일본풍 철판구이 레스토랑이라는 곳에 가봤습니다. '무사시'*라는 이름에 집착한 듯 웨이터가 이상한 형태의 진바오리** 비슷한 것을 입고 어정거리고 있었습니다. 맥주를 쟁반에 담아서 옮기는 모습을 보자 곡예사의 원숭이 같아서 몹시 우습게 보였습니다. 서비스도 느려 터져서 저는 마치 간류지마에서 무사시를 기다

---

* 에도시대의 검객 미야모토 무사시에서 따온 이름.

** 무사가 전쟁 때 갑옷 위에 입는 소매 없는 전통 겉옷.

리는 고지로*의 심정이 되었습니다.

　더더욱 기운이 빠져서 울적하게 방으로 돌아와 냉장고에서 치즈 한 조각과 진을 꺼내 들고 베란다로 나갔습니다. 어디선가 〈하와이안 웨딩송〉이 들려왔습니다. 10층 베란다에서는 와이키키의 밤 해변이 보입니다. 드문드문 산책하는 사람들도 보입니다.

　텀블러에 얼음을 넣고 진을 따른 뒤 토닉워터를 탑니다. 좀 마시다 보니 말로 표현할 수 없는 여유로운 기분으로 조금씩 돌아왔습니다. 플라스틱 의자에 앉아 자그마한 유리 테이블 위에 발을 올려두고 차가움을 즐기며 연신 홀짝이다가, 몸이 나른해져서 저도 모르게 꾸벅꾸벅 졸았습니다.

　이곳에 오기 전에 세상을 떠난 유코가 나오는 꿈을 꿨습니다. 줄거리는 전혀 기억나지 않지만 몹시 슬픈 꿈이었습니다. 거의 한 시간이나 꿈의 나라에서 머물렀던 모양입니다. 테이블 위로 뻗었던 발끝을 안개비가 적시기 시작해서 잠에서 깨어났습니다.

---

* 역시 에도시대의 검객인 사사키 고지로. 간류지마에서 무사시와 세기의 대결을 펼친 것으로 유명하다. 요시카와 에이지가 소설 『미야모토 무사시』에서 무사시가 이 대결에 일부러 늦게 온 것으로 묘사하여 대중에게 그렇게 알려져 있지만 이는 창작된 내용이라 한다.

벌써 한밤중입니다. 이제 아무도 없는 해변을 내려다보며 멍하게 파도 소리를 듣던 중 유코의 마지막 날 아침이 떠올랐습니다.

10년 남짓이나 백혈병과 싸운 뒤 이제 나을 가망이 없어져서 집에서 지내기로 선택한 열일곱 살 여자아이는 가족 모두가 지켜보는 가운데 조용히 잠자듯 세상을 떠났습니다. 저와 간호사도 곁을 지키고 있었는데, 날이 밝아올 무렵 유코의 언니가 훌쩍 자리에서 일어나 부엌 쪽으로 걸어가는 것이었습니다.

얼마 뒤 밤을 새서 초췌해진 얼굴을 씻으러 세면대로 가는 길에 부엌을 지나며 봤더니 키가 큰 언니가 어깨를 떨면서 쌀을 씻고 있었습니다.

찰박, 찰박, 찰박.

귓가에 남는 소리였습니다. 죽어가는 여동생 바로 옆에서, 살아남았고 앞으로도 계속 살아갈 사람들의 식사를 준비합니다. 살아 있다는 것이 너무도 서글프게 느껴지는 순간이었습니다.

쌀을 씻는 그 소리와 파도 소리가 취기 오른 머릿속에서 겹쳐 들려서 괴로운 꿈을 꾼 것일지도 모릅니다.

정갈하게 지은 밥은 김을 두른 주먹밥이 되었습니다.

유코가 세상을 떠난 뒤 그 주먹밥을 먹었습니다. 마음을 담아 준비한 주먹밥에서는 만든 사람의 심정이 느껴집니다. 주먹밥이 때로는 기쁜 표정을 보여주고, 또 때로는 슬픈 분위기를 띠는 것은 그런 이유가 있어서일지도 모릅니다. 열심히 살아야겠다는 기운을 불어넣어준 주먹밥이었습니다.

+++ 알덴테

맛있는 음식을 위해서라면 먼 길도 마다않고 갑니다. 어린 시절부터의 습성입니다.

고향 마을에 구운 경단이 간판 메뉴인 경단 가게가 있었습니다.

"이 가게의 간장맛 경단은 이 일대에서도 으뜸이란다."

할머니는 언제나 이렇게 말했습니다. 그곳은 막과자 가게도 겸하고 있어서 딱지와 유리구슬, 과자 뽑기 같은 것도 잔뜩 있었습니다. 가게 구석의 화로에서는 머릿수건을 쓴 몸집 큰 할머니가 경단을 굽고 있었습니다. 할머니 곁에는 하얗고 검은 얼룩무늬가 있는 큰 고양이가 뒹굴고 있었습니다. 할머니와 그 고양이는 얼굴이 매우 닮았습니다.

경단이라 하면 이 가게의 경단밖에 머릿속에 없었던 저에게 이변이 일어난 것은 초등학교 4학년 무렵이었습니다.

원조 꽃가루 알레르기인 저는 결막염이 악화되어 옆 마을의 안과까지 다녀야 하는 처지가 되었습니다.

버스를 타고 가야 하는 거리여서 금세 차멀미를 하는 제게는 괴로운 나날이었지만, 그래도 꼬박꼬박 빼먹지 않고 다녔습니다. 그림책에 나올 듯한 백발에 테 없는 코안경을 쓴 다정한 할아버지 선생님이 몹시 좋기도 했지만 다른 이유가 하나 더 있었습니다. 바로 그 안과 옆에서 경단가게를 발견한 것입니다.

이 가게에서는 몸집이 자그마하고 날씬한 할머니가 그야말로 열심히 경단을 굽고 있었습니다.

자주 먹어서 익숙한 우리 동네의 경단에 비하면 조금 더 작고 손으로 빚은 느낌이 전해지는 경단이었습니다. 정말로 맛있어서 어린아이였지만

'만드는 할머니도 그렇고 경단의 둥글기도 뭔가 이 가게가 좀 더 본격적인데'

라고 느꼈습니다. 그 이후 속이 울렁거리는 버스는 타지 않고 자전거로 병원에 다녔습니다. 버스비는 물론 매번 경단 값으로 둔갑했습니다.

요컨대 저는 먹보였습니다. 어른이 되며 그런 경향은 더더

욱 강해졌습니다. 맛집 유행이 아직 오지도 않았던 먼 옛날의 이야기입니다.

학회나 다른 용건으로 어느 지방에 갈 때도, 관광보다 이번에는 어디서 무엇을 먹을지를 생각합니다.

몇 해 전 로마에서 소아암 국제학회가 열려서 갔을 때 역시 제 최대의 관심사는 유적지나 미술관이 아니라 궁극의 파스타를 먹어보는 것이었습니다. '알덴테'라는 조금 덜 익힌 면이 어느 정도로 덜 익은 것인지가 제게는 오랜 세월 풀고 싶어서 견딜 수 없는 수수께끼였습니다.

로마에서 유학 중인 소아과 후배 M 선생이 꼭 한 번 로마에도 와달라고 초대했던 것도 좋은 기회였습니다. 이탈리아어뿐만 아니라 저의 엉터리 방향감각에 대해서도 걱정할 필요가 없다는 게 무엇보다 다행이었습니다. 안심하고 비행기를 예약했습니다. 그런데 출발 직전에 M 선생이 죄송하게도 미국 대학으로 갑자기 이동하게 되었다는 연락을 해왔습니다. 하지만 이제는 취소할 수도 없는 노릇이니 불안한 마음을 가득 품은 채 달리는 기차, 아니 비행기에 올라탄 심정으로 가기로 했습니다.

나리타에서 로마로 직행해서 하룻밤 묵은 뒤 나흘 정도 이탈리아를 돌아다니다 다시 로마로 돌아오면 학회가 시작되는 여정이었습니다.

M 선생은 허탕 치게 만든 것이 몹시 신경 쓰였는지 로마의 몇몇 친구들에게 저를 돌봐달라고 부탁해두었습니다.

이탈리아에 대한 오리엔테이션을 맡아준 사람은 M 선생이 친하게 지냈던 뇌외과 교수였습니다.

호텔에 도착하자 곧바로 전화가 걸려왔습니다. 일본문학을 연구한다는 대학생 아드님과 둘이서 수고스럽게도 저를 데리러 오겠다고 했습니다. 로마 거리의 한가운데에 있는 집에서 저녁 식사를 대접하겠다는 것이었습니다. 분위기도 식사 내용도 두말할 나위 없는 근사한 저녁이었습니다.

중세풍 석조 건물의 입구에는 커다란 아치형 나무문이 있었습니다. 끼익 열고서 안으로 들어서자 어두운 조명에 비친 흙바닥. 그야말로 『로미오와 줄리엣』의 세계입니다. 고풍스러운 상자 모양 엘리베이터를 타고 3층의 거실로 이동합니다.

거실도 조명 밝기를 확 낮추었습니다. 멋진 초로의 부인을 소개받은 뒤 식사가 시작되었습니다.

아페리티프라고 하는 식전주. 안티파스토(전채요리)는 본고장의 생햄과 멜론. 그리고 드디어 프리모 피아트(첫 번째 접시)로 꿈에 그리던 파스타가 등장했습니다.

볼에 따끈따끈한 파스타가 가득 담겨 있었고, 버섯과 소시지가 든 토마토소스가 그 위에 뿌려져 있었습니다. 먹기 직전에 소스를 뒤섞어서 모두에게 나눠주는 연출도 근사했습니다. 올리브유를 아주 맛있게 활용한 요리였습니다. 특별할 것 없이 평범한 토마토 파스타였지만

'아, 이게 알덴테구나'

라는 생각이 드는 절묘한 식감이었습니다.

세콘도 피아트(두 번째 접시, 메인요리)는 생선 뫼니에르*와 샐러드. 디저트는 치즈와 초콜릿이었고 마무리로 에스프레소가 나왔습니다.

이탈리안이라고 하면 점잖은 이탈리안 레스토랑의 요리 아니면 격을 확 낮춘 피자가게의 피자밖에 몰랐던 제게는 아버지, 어머니와 아드님 세 가족으로 이루어진 평범한 가정에서 먹는 풀코스가 몹시 신선해서 이것이 이탈리안이라는 느낌이었습니다. 문화가 굳건히 계승되고 있다는 것을 느꼈습니다.

그로부터 나흘 동안은 언어가 전혀 통하지 않는 이탈리아의 시골을 홀로 돌아다녔습니다. 돌바닥으로 된 좁다란 언덕길에서 수도복을 입은 수도사를 스쳐 지나갈 때면 순식간에 중세로 타임슬립했습니다. 혼자만의 시간은 저에게 몹시 귀중했습

---

* 생선에 밀가루를 묻혀서 버터에 굽는 요리.

니다.

　여행 도중 곳곳에서 맛있다는 파스타를 먹으며 다니던 중 또다시 알덴테가 무엇인지 모르게 되었습니다. 역시 가게마다 자기네 방식대로 면을 삶고 있습니다. 삶는 정도는 각양각색입니다. 지금 생각해봐도 로마에 도착한 날 밤 그 교수님 댁의 어두운 거실에서 먹은 파스타가 가장 맛있었던 것 같습니다. 이탈리아 요리도 원래는 가족적인 것이겠지요.

　아니, 요리 자체가 지극히 가족적인 것입니다. 가족과 함께 먹기 때문에 맛있는 것입니다. 먹보인 저는 맛있는 음식을 두고 둘러앉아야 가족이라는 느낌도 듭니다.

　바쁜 일상으로 인해 저는 그런 맛에서 확실히 멀어지고 있습니다. 과장해서 말하자면 숙명일지도 모른다고 반쯤 포기한 채, 이를 슬퍼하며 어린 시절 북적였던 식탁과 로마의 노부부, 아드님과 넷이서 둘러앉았던 식탁을 떠올립니다.

　그리고 누구의 소설인지 잊어버린 단편의 줄거리가 어렴풋이 생각났습니다. 아버지가 부주의해서 소중한 외아들을 식사 도중 사고로 잃고 맙니다. 그 뒤 부부가 조금씩 무너져가는 이야기였지요.

　부부, 가족이라는 인연도 알덴테와 마찬가지입니다. 가끔 알 것 같다고 생각할 때도 있지만 또 얼마 지나면 모르게 됩니다.

+++ 생명의 싸움

1997년 10월. 이미 완연한 가을이었습니다.

M은 푹 잠들어 있습니다. 제 눈에는 불러도 들리지 않는 것
처럼 보이지만 어머니는

"오늘은 잘 들리는지 뭔가 물어볼 때 맞으면 고개를 위아래
로 끄덕이고 아니면 옆으로 저어요"

라고 말했습니다. 작은 개인실에서 어머니와 M의 고요한 시
간이 흘러갑니다.

아버지는 일 때문에 베이징에 있습니다. 외박을 되풀이하며
지내오긴 했지만 벌써 입원한 지 1년 하고도 10개월이 되었습
니다.

* * *

M은 베이징에서 태어났습니다. 아버지는 일본에서 나고 자란 중국인으로 중일 문화 교류 관련 일을 합니다. 어머니는 일본인인데 베이징대학 대학원에서 아시아 문학을 연구합니다.

외동딸인 M의 상태가 나빠지기 시작한 것은 1995년 가을, 두 돌이 되고 얼마 지나지 않아서였습니다. 그때부터 감기에 자주 걸렸습니다. 12월이 되자 기침과 콧물이 멈추지 않고 점점 기력을 잃어가던 M은 어머니의 손에 이끌려 베이징 대학병원에 갔습니다. 그곳에서 백혈병이 의심되어 베이징 아동병원으로 보내져 진단이 확정된 것입니다.

한방 치료를 받았던 거겠지요. 감초를 달여 마시고 수혈을 받았다는데, 그 뒤 부모님의 희망으로 일본으로 돌아와 우리 병원에 입원했습니다. 그해도 저물 무렵이었습니다.

급성 림프성 백혈병이었습니다. 베이징에서 받은 첫 검사에서 백혈구 수는 30만 가까이나 되었습니다. 정상치는 1만 정도이니 엄청난 수치입니다. 예상대로 림프구 가운데 T세포가 악성화한 T세포형 백혈병이었습니다.

'만만치 않겠는걸.'

이렇게 생각했던 것을 지금도 선명히 기억합니다.

어린이 백혈병의 약 80퍼센트는 급성 림프성 백혈병입니다. 급성 백혈병은 지금은 치료할 수 있는 병입니다. 그 가운데서도 특히 치료하기 쉬운 것은 두 살부터 여섯 살 정도에 시작되는 급성 림프성 백혈병인데, 발견될 때의 백혈구 수가 1, 2만 이하로 적은 데다 T세포나 B세포 등의 분명한 특징을 가지고 있지 않은 것으로 여겨지고 있습니다. M의 병은 역시 조금 걱정이 되었습니다.

아버지는 일 때문에 베이징을 곧바로 떠나지 못해 아직 일본에 오지 않았습니다. 그 대신 아버지의 친구가 어머니와 함께 첫 설명을 들었습니다. 어머니는 지적이고 똑 부러지긴 했지만 몹시 연약한 체구여서 앞으로 펼쳐질 힘든 생활이 과연 괜찮을지 염려되었습니다. 설명하는 도중에도 컨디션이 안 좋아져서 다른 방에서 쉬기도 했기 때문입니다.

화학요법이 시작되어 머리카락이 빠지기 시작했습니다. 식욕만은 이상할 정도로 강해져서 밥을 와구와구 먹었습니다.

아버지는 설날이 되고서야 겨우 일본으로 돌아올 수 있었습니다. 역시 중국은 가깝지만 먼 나라인지도 모릅니다.

목소리가 크고 젊은 아버지였습니다. 저도 어디에 있는지 금세 알 수 있다는 말을 들을 정도로 목소리가 큰 편인데, 그런 제게도 지지 않을 정도였습니다.

아버지는 더 빨리 오지 못한 것이 미안했던 모양이었지만, 실제로 치료를 받는 사람은 M이었고 어머니도 그간 아버지에게 상세하게 정보를 전달해줬는지 실제로 불편한 점은 조금도 없었습니다.

저녁에 아버지와 어머니에게 M의 상태에 대해 이야기했습니다. 치료는 순조롭고 백혈병 세포도 이제 사라지고 있다는 말을 듣자 아버지의 긴장도 조금 풀린 듯했습니다.

저는 국제병원이라는 이름이 붙은 병원에서 일하고 있으니 외국인 환자도 꽤 많이 만납니다. 그중에는 백혈병 같은 난치병을 가진 아이와 그 가족들도 때때로 섞여 있지요. 저는 미국에서도 3년 정도 소아암에 걸린 아이들을 치료했습니다.

환자나 가족들과 이야기를 나누다 보면 인간은 어느 나라 사람이든 감정이 비슷하게 움직인다고 느끼는 반면, 문화의 차이를 절감하는 경우도 종종 있습니다. 그런 맥락에서 중국문화권에 속하는 사람들은 굳이 알려고 애쓰지 않아도 저절로 느껴지는 공통의 감정이 있어서 저도 마음이 무척 편합니다.

M의 아버지도 『삼국지』나 『십팔사략』을 예로 들어 치료법을 설명하면

"음, 음, 잘 알겠습니다"

하며 고개를 끄덕입니다.

아버지는 스물아홉 살이고 M은 외동딸입니다. 이럴 때 무심코 저의 스물아홉 살 무렵과 겹쳐 보는 일이 요즘 잦아졌습니다.

제가 스물아홉 살 때는 큰아들이 세 살, 둘째 아들이 갓 한 살이었습니다. 미국으로 건너가 2년 남짓 지냈지요. 텍사스 주 휴스턴, 살았던 곳은 병원 근처의 숲 속에 있는 아파트 단지였습니다. 한 채당 네 가구씩 있는 붉은 직사각형 벽돌 건물이 넓은 부지에 드문드문 서 있었습니다. 낡은 아파트여서 딱히 고급스럽지는 않았지만 다람쥐가 창가까지 먹이를 얻으러 오기도 하고 형형색색의 들새가 이동 도중에 들르기도 하는 아주 근사한 곳이었습니다.

일본에서는 하루하루가 쓸데없이 바빴습니다. 아이들이 어떻게 일상을 보내는지조차 잘 모르는 생활이었지요. 미국 병원의 일은 일본에서보다 더 힘들었지만 그럼에도 정신적으로는 아주 여유로운 생활이었습니다.

밥을 먹으며 꾸벅꾸벅 조는 것이 특기였고 공원의 오리에게 쫓겨서 엉엉 울던 큰아들, 신세를 졌던 교수님 댁에서 소시지를 베어 먹으며 맥주 캔을 한 손에 들고 텔레비전으로 야구를 보던 대선생님께

"할아버지, 뭐 먹어?"

라며 소시지를 빼앗아간 둘째 아들, 모든 것이 너무도 신선해서 놀라며 관찰했던 광경입니다.

M의 아버지도 지나치게 바빴던 탓에 꼬맹이를 자세히 살펴본 적이 별로 없었을지도 모른다는 생각이 들었습니다.

저의 경우 그렇게 허둥지둥 살지 말고 아이들과 조금 더 놀아주라고 신으로부터 무척 행복한 시간을 선사받았던 반면, 똑같이 아이와 보내는 시간이라도 M의 아버지에게 주어진 것은 몹시 힘든 나날이었습니다.

저보다 스무 살도 더 젊은 이 아버지는 그래도 의젓하게 그 선물을 받아들였습니다.

베이징과 도쿄를 오가며 일하면서도 병동에도 자주 얼굴을 내비쳤습니다. 다행히 거의 한 달 만에 골수 상태가 완화되어 전반적인 상태도 좋아져서, M은 생글생글 웃으며 즐겁게 친구들과 놀 수 있게 되었습니다.

M을 어떻게 대해야 할지 모르는 아버지의 어색한 태도를 보며 '힘내세요!' 하고 저도 모르게 마음속으로 응원하면서

"병에 관해 모르는 게 있다면 뭐든지 물어보세요"

라고 말을 걸지 않고서는 견딜 수 없었습니다.

두 달 정도 만에 M은 우리 의료진과도 곧잘 이야기를 나누게 되었습니다. 매우 좋아하는 낫토 덮밥을 먹으며

"엄마, 와? 엄마, 와?"

하고 곁에 있는 간호사에게 몇 번이고 묻는 것이 아침 관례가 되었습니다.

어머니는 대학원을 휴학하고 시간이 꽤 지나서 앞으로의 진로를 고민해야 할 시기였습니다. 우리의 전망으로는 순조롭게 치료가 진행되면 주사는 1년쯤 안에 전부 끝나서 먹는 약만으로 치료하는 시기에 들어갈 예정이었습니다. 그 점을 염두에 두고 대학원 교수님과도 상담해보라는 조언을 받고, 어머니는 아버지에게 M을 맡긴 뒤 베이징에 가 있었습니다.

"약 잘 먹었어."

아버지는 M에게서 이런 보고를 매일 받았습니다.

어머니가 자리를 비운 동안 M은 완전히 병동에 익숙해져서 고참으로서의 면모를 갖추어갔습니다.

세계적으로 볼 때 급성 림프성 백혈병의 치료 성적은 1970년대 들어 빠르게 좋아졌습니다. 그 이유 중 하나는 두개골 전체에 방사선을 쬐어 중추신경계로의 재발을 예방할 수 있게 된 것입니다. 하지만 그 뒤 뇌에 방사선을 쬐면 부작용이 생긴다고들 해서, 방사선을 쓰지 않고 넘어갈 수 있다면 되도록 그렇게 치료하는 방향으로 흘러가고 있습니다. 그러나 M의 경우 백혈병이 T세포형이기도 하고 초진 때 백혈구 수도 꽤 많아서 아무래도 방사선을 쬘 필요가 있었습니다. M은 아직 두 살이니 방사선을 쬘 경우 어느 정도 지능에도 영향을 끼칠 수 있다고 부모님께 말씀드렸습니다.

"수학적 능력이 좀 떨어질 수도 있어요."

"예술 분야로라도 나아가게 해야겠네요……"

"그렇겠지요."

그런 다음 다시 아버지는 어머니와 교대해서 중국으로 돌아갔습니다.

그 전날 밤 아버지와 어머니, 의료진이 천천히 이야기를 나눌 기회가 있었습니다. 그때 M의 동생 이야기가 나왔습니다.

"만약 동생이 생기면 그 아이가 같은 병에 걸릴 수도 있나요?"

그런 걱정은 할 필요가 없다는 점을 수치를 들어 설명했습니다.

그 후로도 괴로운 화학요법은 계속되었습니다. 때로 M은 짜증을 내며 크게 웁니다. 어머니는 마음껏 울게 해주고 싶었지만 주위의 눈이 있으니 그마저도 여의치 않습니다. 간호사나 젊은 의사들이 지나가며

"M, 울지 마"

하고 말을 걸어줍니다. 스트레스를 완전히 발산할 때까지

울게 해주고 싶다는 생각과 얼른 울음을 그치게 해야 한다는 생각 사이에서 이러지도 저러지도 못해 어머니가 운 적도 있었습니다.

세 살 생일을 앞두고 M의 말초혈 줄기세포 채취에 들어갔습니다. 모든 혈액의 기본이 되는 세포(줄기세포)는 보통 골수 속에 있는데 그것이 적혈구, 백혈구, 혈소판을 만드는 세포로 분화됩니다. 골수이식이라는 최신 기술은 우선 환자의 골수를 화학요법제나 방사선으로 텅 비게 만든 다음 다른 사람에게서 받은 줄기세포를 정맥으로 주사하여 비어 있던 골수에 뿌리내리게 하는 방법입니다. 이것이 동종골수이식입니다. 한편 자신의 줄기세포를 채취해두었다가 같은 방식으로 치료하는 것을 자가골수이식이라고 합니다.

최근에는 일부러 골수에서 채취하는 번거로운 작업을 하지 않아도 약간의 기술을 쓰면 말초를 흐르는 혈액에서도 줄기세포를 모을 수 있다는 사실이 밝혀졌습니다. 이 방법을 쓰는 것이 말초혈 줄기세포이식입니다. M의 병은 일반적인 화학요법만으로는 재발할 가능성이 높아서 시기를 보아 이 새로운 방법을 시도하기로 예정되어 있었습니다. 채취는 그 준비 과정이었고요.

9월 들어 어머니의 대학원 휴학 수속도 무사히 마무리되었습니다. 이제 일본에 자리를 잡고 슬슬 말초혈 줄기세포이식을 해보려던 참에 병이 재발하고 말았습니다. 예상 범위 내의 일이었으나 믿을 수 없었습니다. 다음 날 다시 한 번 골수액을 채취해서 확인했지만 역시 틀림없는 재발이었습니다.

그때 아버지는 베이징에 있어서 어머니에게만 먼저 설명했습니다. 되도록 빨리 치료를 시작해야 했기 때문입니다.

어머니는 눈물을 글썽였습니다. 여러 상념이 담긴 눈물이었을 겁니다.

아버지도 곧 돌아왔습니다. 가끔 M이 떼를 쓰긴 했지만 결코 못되게 굴지는 않았으며, 응석을 부리는 것은 병의 재발 자체로 컨디션이 나빠졌기 때문이라고 설명했습니다.

이때도 다행히 상태가 완화되긴 했지만 한 달도 못 가서 다시 재발했습니다.

백혈구 수는 점점 늘어서 병을 발견한 당시의 수치에 가까워졌고, 혈액 속으로 세균이 들어가 고열이 나는 균혈증을 반복했습니다. 1월 말에 부모님이 모여서, 냉동보존 해두었던 말초혈 줄기세포를 써서 이식을 결행하자고 저희 쪽에서 제안했습니다. M은 이식 전의 강력한 화학요법도 용감하게 극복해냈습니다. 그리고 3월 초순에는 고대하던 대로 상태가 완화되었습니다.

마침 그 무렵 어머니가 임신했다는 사실을 알았습니다. 예정일은 10월 중순이었습니다.

무리해서 완화 상태에 들어가긴 했지만 여전히 골수이식 기증자는 찾을 수 없었습니다. 치유가 목적인 치료로는 4, 5개월 완화 상태가 유지된다면 다시 한 번 말초혈 줄기세포를 채취해서 전과 같은 방법을 반복하는 정도밖에 생각할 수 없었는데, 거기에 제대혈 이식이라는 기대되는 방법이 추가되었습니다. 출산한 뒤에는 아기를 뱃속에서 키웠던 태반이 필요 없어지는데, 태반에 남아 있는 혈액 속에는 줄기세포가 많습니다. 이 줄기세포를 써서 줄기세포이식을 할 수 있는 것이지요.

이 시점에서 저는 M의 운이 트였다고 느꼈습니다. 어쩌면 대역전이 일어날지도 모른다는 기대감이 제 안에서 부풀어 올랐던 것도 사실입니다. 하지만 침착하게 계산해보자 불안해졌습니다. 처음에 완화 상태가 지속된 후 말초혈 줄기세포를 채취한 것이 그 전해 6월 말이었습니다. 그런 다음 재발한 시기가 10월 중순이라는 것은, 채취한 시점에서 3개월 남짓 뒤에 골수가 재발을 일으킬 수 있다는 뜻입니다. 3월 초에 확인한 M의 완화 상태를 과연 10월까지 유지할 수 있을까요. 기도하는 심정으로 유지요법을 계속해나갔습니다.

'M은 운이 따를 거야.'

스스로를 여러 차례 세뇌했습니다. 하지만 걱정했던 대로 5월 말에 재발하고 말았습니다. 두통과 구역질이 심해져서 요추천자를 통해 뇌척수액을 확인해봤더니 백혈병 세포가 득실거리는 것이 발견되었습니다. 결국 골수뿐만 아니라 중추신경계까지 백혈병 세포가 퍼지고 만 것입니다.

상당히 곤란한 상황에 빠졌습니다. 괴로운 이야기를 해야만 할 때 아버지와 어머니가 함께 있어준 것이 그나마 의지가 되었습니다.

"10월에 태어날 아기에게서 제대혈을 이식받는 게 유일한 희망일 겁니다…… 그때까지 버틸 수 있을지가 문제예요."

솔직하게 이야기했습니다.

그로부터 며칠 뒤에는 제대혈 이식을 할 경우 수술을 부탁하게 될 도카이대학 소아과의 가토 선생님과 부모님을 만나게 했습니다. 새로운 골수이식 방법 등도 전해들은 아버지는 희망을 품고 돌아왔습니다.

통상적인 백혈병 치료에 더해 중추신경계 치료도 빠짐없이 했습니다.

중추신경계로 들어온 백혈병 세포는 한동안 눈에 띄지 않았지만 골수 속 백혈병 세포는 전혀 사라질 기미가 없었습니다. 그러던 중 7월에 오른쪽 눈이 부어올라 약간 외사시 낌새를 보여서 안와眼窩 CT를 찍었습니다. 그랬더니 오른쪽 눈신경으로 번진 것이 발견되었습니다. M의 눈이 튀어나오는 모습을 잠자코 지켜보자니 너무도 가여웠습니다. 눈을 감고 방사선에 쪼이자 다행히 효과가 있어서 소강상태가 유지되었습니다.

그러나 몸 전체의 상황은 더더욱 나빠졌습니다.

7월 말에 병동의 인사이동이 있어서 시바타 선생에서 스자와 선생으로 담당자가 바뀌었습니다. 그 인수인계 노트 마지막에 이런 기록이 있었습니다.

M이 아침에 일어나지 않으면 반드시라 해도 좋을 정도로 상태가 나쁜 것이니 주의를 기울여주세요.

M을 지금 상태로 선생님께 넘기는 것은 저로서도 미련이 남고 너무나 죄송하기도 합니다만, 모쪼록 잘 부탁드립니다.

시바타 선생도 스자와 선생도 젊은 여성 의사입니다. 시바타 선생의 아쉬움이 손에 잡힐 듯이 느껴져서 가슴이 먹먹했습니다.

성누가병원의 소아병동은 40년쯤 전 일본 병원 중에서는 처음으로 병동에 보육사를 배치했습니다. 초대 보육사인 이케우치 씨가 퇴직해서 지금은 2대째인 오노 씨가 열심히 일하고 있습니다.

병원 옆 공원 한구석에서 바비큐 파티를 열기도 하고 성누가타워 옥상에 있는 레스토랑 루크의 지배인 가네코 씨에게 무리하게 부탁해서 오전 간식을 들고 시내가 훤히 내려다보이는 테라스까지 하이킹하러 가기도 하는 등 수많은 행사가 있는데, 8월 9일은 그 하이라이트라고 할 만한 여름 축제가 열리는 날입니다.

이날은 소아병동이 있는 6층에서 옥상 정원으로 나갈 수 있습니다. 그곳에 솜사탕, 야키소바, 빙수, 프랑크푸르트 소시지, 팝콘, 수박, 옥수수, 주먹밥, 청량음료 등 먹거리뿐만 아니라 물풍선 낚시와 고리던지기까지 준비되어 있어서 저도 깜짝 놀랐습니다. 떠들썩하고 즐거워 보여서 원장 선생님과 수간호사도 일부러 보러 올 정도였습니다.

거기서 M은 아버지, 어머니와 함께 야키소바를 잔뜩 먹었습니다. 키티 무늬 진베이*를 입고 생글생글 웃는 M을 보자 병 같은 건 착각일지도 모른다는 생각조차 들었습니다.

그다음 날 의사와 간호사에 사회복지사 니시다 씨까지 모여서 부모님과 함께 이야기를 나눴습니다.

---

* 소매가 짧고 앞에서 여미어 끈으로 매는 일본의 전통 여름옷.

어머니의 예정일은 조금씩 다가오고 있었습니다.

"M이 기특하게 애쓰는 모습을 보면 마지막까지 가능성을 놓고 싶지 않아요. 하지만 시도하면 오히려 괴로워지기만 할 수도 있다는 선생님 말씀도 잘 이해되어서 고민입니다. 출산을 앞둔 아내의 몸과 마음도 걱정이고요. 견딜 수 있을지 모르겠어요."

아버지의 말은 하나하나 지당했습니다.

"지금 하고 싶은 일을 하는 게 가장 올바른 선택일 거예요. 그리고 어느 쪽으로든 정해서 그걸 하면, 누가 뭐라든지 자신의 결정이 옳았다고 확신하는 게 이런 상황에서는 중요하지요. 그리고 마지막으로, 뱃속의 아기는 이미 언니의 치료에 참여하고 있다는 사실을 잊지 말아주세요. 만에 하나 M의 치료가 잘 안 되더라도 아기에게는 고맙다고 말해주세요."

인생은 얼마나 드라마틱한지요.

그로부터 다시 며칠이 지난 뒤, 어머니가 M을 개인실로 옮기고 싶다고 말했습니다. M이 기운을 낼 수 있도록 큰 소리로 노래를 불러주거나 몸을 조금 움직이게 해서 기분 좋게 만들어주고 싶은데 다인실에서는 그러기가 조금 어렵고, 다른 사람에게 폐를 끼친다는 생각만으로 본인도 기가 죽어서 환경을 바꾸고 싶다는 것이었습니다.

다음 날 개인실로 옮겼습니다. 그리고 또다시 패혈증이 일어났습니다. 백혈구는 4만에서 5만으로 확실히 늘어나서 약도 이제는 좀처럼 효과를 내지 못합니다. 결국은 백혈구 수도 27만까지 늘어났습니다.

아버지가 열심히 M에게 기氣를 불어넣었습니다. 기공치료를 시작하고 며칠 뒤 백혈구 수가 쑥 내려가기 시작했습니다. 마침 쓰고 있던 약이 듣기 시작한 것일지도 모르지만, 저는 아버지의 노력을 칭찬해주고 싶었습니다.

8월 26일은 M의 네 번째 생일이었습니다. 아침에 잘 일어나서 빵을 먹었습니다. 아버지와 어머니가 모두 곁에 있는 생일입니다. 할머니는 키티 생일 케이크를 가져왔습니다.

8월 말에는 아버지가 다시 중국으로 돌아갔습니다. 골수은행에서 적합자가 있을지도 모른다는 뉴스가 들어온 것은 그 무렵이었습니다. 다들 기분이 조금 밝아졌습니다.

하지만 그다음 날에는 다시 패혈증이 일어났습니다. 혈액 속에서 대장균이 발견되었습니다. 열이 심하게 났는데 이런저런 항생제를 써서 다행히 4, 5일 만에 다시 정상 체온으로 돌아왔습니다.

9월 중순에는 또 백혈구가 늘어나 중추신경계로 번졌고 이로 인한 증상이 나타났습니다. M은 툭하면 잠에 빠져들게 되었습니다.

2주 정도 지난 뒤 아버지가 중국에서 되돌아왔습니다. 앞날을 암시하는 듯 때마침 불어닥친 태풍 19호를 뚫고 온 귀국이었습니다.

9월 26일에 도카이대학으로 옮겨 갈 계획이었지만 의식이 꺼져가서 이송은 아무래도 불가능했습니다.

강심제를 써야 할 정도로 심장이 약해졌고, 신장 기능과 췌장 기능도 차례로 떨어졌습니다. 불안정한 상태를 편안하게 만들어주기 위해 신경안정제도 썼습니다. 9월 25일에는 폐렴까지 걸려서 몸 전체의 상태도 나빠졌습니다. 26일에는 경련을 일으켜서 CT를 찍어봤더니 다발성 뇌경색이라는 진단이 나왔습니다. 결국 상황이 악화되었습니다.

어머니의 출산은 어디서 할지 상담한 끝에 도카이대학, 성누가병원, 근처의 산부인과 등 모든 곳에 손을 써두었습니다.

그리고 이 글 첫머리의 1997년 10월이 되었습니다.

10월 3일에 아버지는 반드시 가야 할 일이 생겨서 베이징으로 되돌아갔습니다.

그 전날 밤의 일이 스자와 선생의 진료 기록에 적혀 있었습니다.

오늘 아버지가 중국으로 떠났다. 어젯밤에는 침대 위의 M을 바라보며 언어가 아니라 마음으로 이야기를 하는 것처럼 보였다. 마음을 굳게 먹고 떠난 아버지와 M이 다시 10일에 만날 수 있기를.

아버지는 10월 10일에 돌아올 예정으로 떠났습니다.

떠나기 전날 밤, M의 침대 곁에서 아버지는

"만약 M이 죽는다면 쓸 수 있는 장기는 유용하게 써주셨으면 하는데요……"

하고 저에게 말을 꺼냈습니다. 급작스러운 느낌은 없는 그야말로 자연스러운 말투였습니다.

"감사한 말씀이네요. 하지만 M은 백혈병이 온몸에 퍼져서 쓸 수 있는 건 혈관이 없는 각막 정도일 거예요. 이 건은 내일이라도 안과의 안구은행 담당 선생님께 상담해보겠습니다."

이렇게 대답한 뒤 저도 아버지에게 한 가지 부탁을 했습니다.

"M이 병과 맞서 싸운 궤적을 확인하기 위해서라도 세상을 떠난 뒤 부검을 해봤으면 합니다만……"

아버지는 부디 그렇게 해달라고 말했습니다. 이런 부탁을 이런 상황에서 하는 건 정말로 드문 일이지만 그날 밤의 시간은 특별했습니다.

스자와 선생의 기록 마지막 부분에 "……하지만 아직 M은 버틸 수 있을 듯한 느낌이 든다"라고 쓰여 있었습니다. 모두의 바람이었습니다.

언제 상황이 갑자기 바뀌어도 이상하지 않은 날이 이어졌습니다. 만약 호흡이 멈춰도 기관내삽관은 하지 않고 인공호흡기도 달지 않는다는 방침이 가족과의 상담 끝에 정해져 있었습니다. 만에 하나 가족을 기다려야 하는 상황이 되면, 그 사이에는 암부백이라는 마스크를 써서 산소를 넣어주기로 했습니다.

10월 6일이 되자 아버지가 귀국 예정일을 하루 앞당겨 9일에 돌아온다는 소식을 전해왔습니다.

M은 이제 의미도 없이 머리를 이따금 옆으로 흔들 뿐 의식은 없었습니다.

9일 저녁에 아버지가 도착했습니다. 다들 가슴을 쓸어내렸습니다.

어머니는 M에게

"아빠가 왔어"

라고 말을 걸었습니다. M은 평소처럼 고개를 흔들며 싫어, 싫어 하는 동작을 취했습니다.

"아빠가 M을 엄하게 대해서 싫어하는 거예요."

어머니가 해석해줬습니다. 아버지를 포함한 모두가 무심코

웃고 말았습니다.

점점 늘어나던 백혈구가 아버지의 도착과 함께 다시 조금 줄어들었습니다. 참 신기한 일도 다 있지요.

10월 12일 늦은 밤, 12시가 되기 조금 전에 부모님이 집으로 돌아갔습니다. 그 뒤 2시간 정도 지나자 혈압이 떨어지기 시작했습니다. 새벽 5시에는 혈압이 60 아래로 떨어지고 심박수도 낮아져서 심장마사지를 하고 암부백으로 인공호흡에 들어갔지만 얼마 뒤 심정지와 호흡정지가 왔습니다.

부모님은 얼마 뒤 병원에 왔고 관련 의사도 모두 모였습니다.

아버지의 부탁을 받아 채플렌에게 와 달라고 전화를 했습니다. 이른 아침이었음에도 불구하고 서둘러 달려온 사사키 선생이 마지막 이별의 기도를 해주셨고, 오전 6시 13분에 사망이 선고되었습니다.

머리맡에서는 M이 내내 듣던 노래 테이프가 재생되고 있었습니다.

* * *

부검까지 남아 있는 짧은 시간 동안 유체를 병원 예배당으로 옮겨서 이별 의식을 치렀습니다.

몇몇 의사와 간호사에 아버지와 어머니. M을 몹시 아꼈던 사람들만 모여 치른 아주 소박하지만 진심이 담긴 미사였습니다.

그런 다음 부검이 이루어졌습니다.

M이 필사적으로 맞서 싸웠던 백혈병 세포는 자그마한 M이 이렇게 열심히 버텼구나 싶을 만큼 온몸의 장기로 퍼져 있었습니다.

다음 날 점심 무렵부터 예배당에서 장례식을 치르기로 했습니다. M의 관은 아침에 예배당 한쪽의 목사실로 옮겨졌습니다.

저는 오전에 빈 시간이 있어서 그 방에 들러보았습니다.

아버지, 어머니와 이런저런 이야기를 했습니다. 남자의 마음과 여자의 마음의 차이 등 그런 장소와 어울리지 않는 이야기까지 나누었습니다.

M이 재미있게 들어주는 기분이었습니다.

아버지가 제게 장례식 중간에 한마디 해달라고 부탁했습니다.

"눈물이 나올 것 같으니까 좀 봐주세요"라며 거절했지만 꼭 해달라고 간청하시는 통에 끝까지 뿌리치지 못했습니다.

그리고 늘 그렇듯 간호사 선생님들도 잔뜩 계신 앞에서 엉

엉 울고 말았습니다.

*　*　*

얼마 뒤 M의 여동생이 태어났다는 편지를 받았습니다.

M의 각막은 이 넓은 세상 속 누군가에게 빛을 선사하고 있
겠지요.

✦✦✦ 삶과 죽음 사이

아기는 졸리면 짜증을 내며 웁니다. 어째서일까요. 일어나 있으면 즐거운 일이 가득해서 잠드는 것이 아까운 걸까요? 아니, 그건 아닌 것 같습니다. 아기는 잠과 죽음이 거의 같다고 느끼기 때문일지도 모릅니다.

주위 사람들과 다른 세계로 간다는 점에서 잠과 죽음은 서로 닮았습니다. 그 둘이 전혀 다르다는 사실을 깨닫는 시기는 대체로 적어도 네다섯 살이 지나고부터입니다.

* * *

이와나미홀에서 〈잠자는 남자〉라는 오구리 코헤이 감독의 영화를 봤습니다. 군마 현이 인구 200만 명 돌파 기념사업 중 하나로 만든 작품입니다. 〈진흙 강〉과 〈죽음의 가시〉를 찍은 오구리 씨는 제가 몹시 좋아하는 영화감독입니다. 기대했던 대로 아주 아름다운 영화였습니다. 군마의 산과 강을 흐르는 네 계절을 배경으로 많은 사람들이 등장합니다.

산을 오르던 도중 바위에서 굴러 떨어져 머리를 부딪힌 뒤 낡고 커다란 초가집 구석방에서 계속 잠만 자는 남자가 있습니다. 그 남자의 늙은 아버지와 어머니, 중학교 동창들, 같은 마을에서 태어난 아기와 그 어머니, 할아버지들, 할머니들, 아이들, 재일한국인 아주머니, 이주 결혼 여성. 모두가 저마다의 방식으로 살면서 서로 뒤얽히며 시간이 흘러갑니다. 그리고 '잠자는 남자'가 죽은 다음 다시 시간이 지나갑니다.

영화 중간까지는 '잠자는' 것과 '죽는' 것에 별반 큰 차이가 없을지도 모른다는 생각이 들었지만, 다 보고 나니 역시 그 두 가지는 완전히 다르다는 당연한 사실을 다시 확인하게 되었습니다.

* * *

갓난아기에서 어린이가 될 때까지의 기억은 드문드문 토막나 있긴 해도 존재합니다.

제게 이 세상은 재미있는 것, 신기한 것으로 넘쳐나는 곳이었습니다. 우리 집에는 매일 밤 여러 사람이 찾아와서 어른들의 이야기를 듣는 게 정말 좋았습니다. 잠자리로 들어가는 시간은 당연히 늦어졌습니다. 이야기의 원 가장자리에 있다 보면 눈꺼풀이 무거워져서 꾸벅꾸벅 조는 것이 매일의 일과였습니다.

미야타케 가이코츠라는 일본 저널리스트의 선구자가 있습니다. 이 사람이 어딘가에 "꾸벅꾸벅 조는 이유는 자려고 하는 몸과 일어나 있으려고 하는 마음이 싸우기 때문이다"라고 쓴 모양입니다.

어른이 되면서 '자는 것보다 편한 건 없다'가 저의 상식이 되어, 드러누울 수 있다면 냉큼 누워서 쿨쿨 자는 일이 많아졌습니다. 꾸벅꾸벅 조는 것은 오히려 그리운 일이 되었지요.

요전에 저와 나이가 비슷한 지인이 위암으로 세상을 떠났습니다. 저의 지난번 에세이집 삽화와 표지를 그려준 화가의 남편입니다.

기분 내킬 때 훌쩍 네팔로 떠나 히말라야의 사진을 찍기도 하고, 북유럽 피오르의 깊숙한 곳까지 파고 들어가서 노을에 카메라를 갖다 대기도 하는 그의 자유로운 작업 방식과 삶의 태도를 부인에게서 전해 듣고 저는 진심으로 부러웠습니다.

그렇기 때문에 더더욱, 예전에 앓았던 위암이 여기저기로 전이되어 상당히 괴로운 상황이 되었지만 부인이 상담을 청했을 때도 곧바로 입원 치료를 시작하라고는 권하지 못했습니다.

결국 걸어 다니는 것도 힘들어져서 병원에 있는 편이 여러모로 편할 것 같다는 전화를 본인에게서 받고, 내과에 부탁해 입원시켰습니다.

외동따님이 성누가 간호대학의 학생이라는 점도 아버지가 이 병원을 마지막 장소로 선택한 이유 중 하나겠지요.

부부의 그림과 사진을 전시하는 2인전이 얼마 뒤 신주쿠 미츠코시 백화점 갤러리에서 열릴 예정이었습니다. 그는 어떻게든 전시회장 입구에 서서 손님들을 맞이하고 싶었던 모양입니다. 하지만 유감스럽게도 그 바람은 이루어지지 않았습니다.

같은 병원에 있다 해도 문병을 갈 수 있는 시간대에는 일정이 비지 않아서 좀처럼 못 가고 있었습니다. 어느 화요일 오전에 뜻밖에 빈 시간이 생겨서 병실을 들여다봤더니, 놀랍게도 담당 병동의 둘과 간호사 둘이서 한창 심장마사지와 인공호흡을 하고 있었습니다.

'큰일 났구나.'

그들을 도와주며 사정을 들어봤더니, 그날 아침 아주 오랜

만에 기운이 나서 기분도 좋다고 말하며 혼자 화장실에 가던 순간 정신을 잃고 쓰러졌다고 합니다.

바로 옆에 있는 간호대학에 연락해서 따님에게 와달라고 했습니다. 따님은 깜짝 놀라 얼굴빛이 파랗게 질렸지만 나름대로 침착하게 애쓰며 그 과정을 지켜봤습니다.

부인은 전시회의 액자 관련 협의와 기타 등등의 업무로 분주히 돌아다니고 있는 모양인지 연락이 잘 되지 않았습니다.

이미 심장마사지를 시작하고 상당한 시간이 흘렀습니다. 대학에서 학생 상담사도 달려와 따님을 지지해주고 있습니다.

'이제 아프지도 괴롭지도 않을 테고, 돈 때문에 어쩔 수 없이 받아들여야 했던 따분한 일과도 안녕이네요.'

저는 마음속으로 말을 걸었습니다.

'아아, 정말로 그래요.'

그는 이렇게 대답하는 듯한 얼굴이었습니다.

"어머니가 시간에 대지 못한다면 어쩔 수 없어. 아미가 혼자 보내드릴 수밖에……"

하지만 그건 스무 살도 안 된 따님에게는 조금 딱한 일이라는 생각이 들었습니다.

다행히 부인도 얼마 뒤 병원에 도착했습니다.

사정상 병원에서 하룻밤 유체를 맡은 뒤 다음 날 장례식을 치르기로 했습니다. 저녁 무렵 입관할 때 지하 영안실에서 간단한 미사를 집행할 거라는 이야기를 채플렌 사사키 선생에게 들었습니다. 부인과 따님에 친척 한 분만 모인 간소한 식이 끝난 뒤 시트째 들어 올려 그의 몸을 관 속으로 옮겼습니다. 정말로 잠든 것처럼 보였습니다.

'느긋하게 지낼 수 있어서 좋겠네요.'

이렇게 마음속으로 말을 거는 저 자신에게 퍼뜩 놀랐습니다.

일이 쌓여 있어서 그날 밤은 평소보다 퇴근이 늦어졌고, 11시가 넘어서야 병원을 나섰습니다. 집 근처의 익숙한 길까지 차를 몰고 왔을 때 드물게도 꾸벅꾸벅 졸았습니다. 퍼뜩 눈을 떠보니 액셀에 발이 올라가 있어서 상당한 속도를 내고 있었습니다. 도로 앞쪽에서 차가 밀렸는지 행렬 마지막의 덤프트럭이 바로 코앞까지 다가와 있었습니다.

'이제 틀렸구나'

생각하며 브레이크를 있는 힘껏 밟았더니 아슬아슬한 지점에서 겨우 멈췄습니다.

'농담으로라도 부럽다고 생각하니까 벌 받은 거예요.'

세상을 떠난 그에게 설교를 듣는 듯한 기분이었습니다.

역시 '잠드는' 것과 '죽는' 것은 다르다는 사실을 절실히 느겼습니다.

* * *

꾸벅꾸벅 조는 것은 '자려고 하는 몸과 일어나 있으려고 하는 마음이 싸우는' 상황이라고 말한 사람에 대해서는 앞에서 썼습니다만, '죽으려고 하는 몸과 살려고 하는 마음이 싸우는 상태'라면 우리 의사들이 종종 경험합니다.

어제도 백혈병과 싸워온 열네 살 여자아이가 세상을 떠났습니다. 병세에 대해서는 자세히 이야기해뒀지만 그 아이는 이제까지의 경험상 다시 한 번 건강해질 거라 믿었고, 잠에 비유하자면 꾸벅꾸벅 조는 것과 같은 상태로 놀라운 노력을 보여줬습니다. 보는 쪽은 몹시 괴로웠지만 이것도 훌륭한 죽음이라고 생각했습니다.

매우 드물긴 하지만 또 다른 죽음도 있습니다. 죽으려 하는 몸과 타협하여 마음도 죽기를 각오하는 경우입니다.

스물한 살이었던 시호는 넓적다리 근육에 악성 종양이 생겼습니다. 다른 대학병원에서 본인도 자세한 설명을 들은 뒤 종양을 적출했고 항암제 치료도 받았지만, 일 년도 채 지나지 않아 림프선으로 전이되어 다시 치료했습니다. 그 뒤 배에서 커다란 덩어리가 발견되었을 때 우리 병원으로 옮겨왔지요. 내버려두면 금방이라도 소화관이 막힐 것 같아서 시호와 차분하게 상담했습니다.

지금으로서는 분명히 보이는 것은 배 속의 덩어리뿐이라는 점. 내버려두면 조만간 장의 움직임이 원활하지 않아져서 장폐색이 올 것이라는 점. 그러나 그 부분을 어떻게든 치료해도 그외에 보이지 않는 전이가 있을지도 모른다는 점. 이제껏 항암제 치료는 몇 번이나 해봤으니 만약 다시 하더라도 완벽한 효과는 기대할 수 없다는 점, 그리고 마지막으로 어떤 상태가 되더라도 가능한 한 시호가 아프지 않고 괴롭지 않게 살아가도록 우리는 온 힘을 다할 것이라는 점을 설명한 뒤 충분히 시간을 들여 이야기를 나누었습니다.

시호의 선택은 우선 수술로 눈앞에 닥친 위기에서 벗어난 뒤, 가능성이 있다면 화학요법을 받는다는 것이었습니다. 우리 병원으로 옮기고 반년 정도 지나 슬슬 약속했던 화학요법 기간도 끝나갈 무렵, 종양이 폐로 번졌습니다.

시호는 자세한 설명을 요구했습니다. 상사맨인 아버지는 업무차 시베리아로 떠나 있어서 홀로 남겨진 어머니와 오빠 부부, 우리 의료진은 괴로운 선택에 직면했습니다.

"만약 이대로 내리막길을 걸을 뿐이라면 하고 싶은 일이 이것저것 있는데요……"

시호에게는 약혼자라 해도 좋을 정도로 가족들도 공인한 남자 친구가 있었습니다. 아버지가 시베리아에서 잠깐 돌아올 때 그 남자 친구도 포함해서 모두 함께 홋카이도로 스키를 타러 갈 계획이었지요.

숨 쉬기가 조금씩 괴로워지는 시호에게 사실대로 털어놓았습니다.

"미안해. 제대로 고쳐주지 못해서…… 시호도 애썼고 대학병원 선생님과 우리도 이제까지 할 수 있는 일은 다 했지만 잘되지 않는구나. 그렇지만 처음 약속했던 괴롭지 않게 아프지 않게 해주겠다는 건 시호에게도 우리에게도 아주 중요한 일이니까 반드시 지킬게. 앞으로도 잘 부탁해."

시호는 눈물을 뚝뚝 흘리며 울다가 얼마 뒤 물었습니다.

"앞으로 시간이 얼마나 남았나요?"

아주 어려운 질문이었습니다.

"최악의 경우 일주일 만에 숨 쉴 공간이 없어질 수도 있어. 하지만 잘하면 지금 같은 상태가 몇 개월쯤 이어질지도 몰라."

시호는 산소요법을 쓰면서 집에서 치료받는 길을 선택했습니다. 손꼽아 기다리던 홋카이도 스키 여행도 실현되었습니다. 항공사와 제가 아는 홋카이도의 선생님들이 뒤에서 도와주었습니다.

이윽고 호흡이 괴로워져서 가슴에 찬 물을 지속적으로 빼낼 튜브를 넣기 위해 2, 3일 동안 입원하게 되었습니다. 그 사이 저는 시호에게 병원의 채플렌을 만나 보라고 권했습니다.

예전에도 어딘가에 썼던 것 같은데, 저는 신도神道,* 불교, 기독교가 복잡하게 뒤얽힌 종교 환경에서 자랐습니다. 그래서 절대자의 존재는 순순히 받아들일 수 있지만 아무래도 그중 하나를 쉽게 고를 수가 없었습니다. 이런 까닭으로 기독교 병원에서 일하고 있는데도 크리스찬은 아니지요.

하지만 우리 병원의 채플렌인 사사키 선생과 이야기를 나누다 보면 매우 구원받는 기분이 듭니다. 시호도 사사키 선생과 그런 느낌이 드는 대화를 나누었겠지요.

고작 30분 정도였지만 시호에게는 매우 유익한 시간이었던 모양입니다.

"선생님, 채플렌을 만나서 다행이에요. 고맙습니다."

이렇게 나중에 예의 바르게 인사를 했습니다.

그런 다음 재택 케어를 이어나가다 2주 정도 지나자 상태가 결국 악화되었습니다.

---

* 일본 고유의 민족 신앙.

"아마 오늘이나 내일일 거예요. 시호가 호소야 선생님이 오실 때 채플렌과 함께 와달라고 했어요."

왕진 중이던 방문 간호과의 수간호사에게 연락을 받았습니다.

사사키 선생을 차에 태우고 시호의 집으로 향했습니다.

시호의 방에 가족 모두가 모여 있었습니다. 아버지는 아무리 해도 비행기 표를 구할 수 없어서 시베리아에서 발이 묶인 상황이었습니다. 그 대신 남자 친구 R가 시호의 손을 잡고 있었습니다.

시호는 괴롭게 숨을 몰아쉬며 사사키 선생에게

"다들 나와 조금 더 함께 있고 싶대요. 정말 기쁘지만 이제 지쳤어요. 이제 애쓰는 거 그만해도 돼요?"

라고 물었습니다. 저에게 물어봤자 소용없다고 생각했는지도 모릅니다.

"아아, 잘 알겠어요. 이제 됐어요."

사사키 선생이 대답했습니다.

"잘 참았어, 시호야."

저도 말을 건넸습니다.

그런 다음 시호는 전화기를 가져와 달라고 해서 시베리아의 아버지에게 전화를 걸었습니다. 다행히 아버지에게 잘 연결되었습니다.

"못 기다려줘서 미안해요. 지금까지 고마웠어요."

수화기 너머로

"시호!"

하고 외치는 아버지의 목소리가 들렸습니다.

"선생님, 아직 괴로워요. 괴롭지 않게 해준다면서요."

"응, 약속했지. 괴롭지 않게 살게 해주겠다고……"

"좀 더 괴롭지 않게 해주세요."

몽롱한 의식 속에서 시호가 요청했습니다. 모르핀과 신경안정제의 양에 주의를 기울이며 몇 번인가 반복해서 주사를 놓았습니다. 시호는 꾸벅꾸벅 졸다가도 금세 눈을 떴습니다.

"뭐야, 아직 다들 있잖아."

그러던 중 서서히 잠들기 시작해서 몇 시간 뒤 천국으로 떠났습니다.

졸려서 투정을 부리던 아기가 새근새근 잠든 듯한 죽음이었습니다.

'잠자는' 것과 '죽는' 것은 다르지만, 역시 서로 닮았다는 것이 저의 결론입니다. 조만간 다시 한 번 〈잠자는 남자〉를 느긋하게 보면서 생각해보고 싶습니다.

겨울

winter

+++ 봄날 같은 10월

음력 10월을 다른 말로 소춘小春이라고도 하고 소육월小六月이라고도 합니다. 본격적으로 추워지기 전에 잠시 따스함이 되돌아오는 시기지요. 그런 계절의 기분 좋게 따뜻한 날을 봄 같은 10월이라고도 합니다.

성누가병원에서 일반외래를 필사적으로 열심히 끝마친 뒤 지하철에 뛰어오릅니다. 츠키지, 히가시긴자, 긴자까지 가는 동안 전철 안에서 이동해 가장 앞쪽으로 내린 다음, 계단을 뛰어 올라갔다가 뛰어 내려가서 마루노우치 선으로 갈아타고, 한숨 돌린 뒤 신주쿠에서 내려 서쪽 출구에서 오우메카이도를 따라 도쿄의대를 향해 걷습니다.

매주 도쿄의대에서 혈액외래를 봤던 무렵이니 적어도 2년도 더 지난 일입니다. 그 무렵은 아직 마루노우치 선의 니시신주쿠(도쿄의대 앞)라는 편리한 역이 없었습니다. 딱히 먼 거리는 아니지만 어쨌거나 저는 시간이 늘 아슬아슬해서 서둘러 갔습니다.

'이런 날이 그야말로 봄 같은 10월이구나. 하지만 어째서 소춘은 소육월일까. 6월은 장마철인데.'

이런 태평한 생각을 하며 다리로는 꽤 속도를 내고 있었습니다.

노무라 빌딩 앞의 신호가 빨간불로 바뀌었습니다.

'그렇군, 소춘은 음력으로 치니까 6월이라 해도 양력으로는 7월이지. 그런데 잠깐, 음력 6월은 당연히 여름이잖아. 그럼 왜 소춘이라고 하는 걸까?'

신호가 어지간히 파란불로 바뀌지 않습니다.

'얼른 바뀌어라, 또 늦을라.'

"선생님한테 치료를 받는 환자의 아버지와 어머니는 신기하게도 성격이 느긋한 분이 많아서 저희 입장에서는 다행이지만, 그렇다고 너무 오래 기다리게 하면 안 돼요. 성누가에서도 외래를 보시겠지만 이쪽에 오는 건 일주일에 한 번이잖아요. 어떻게든 좀 빨리 와주세요."

예전에 저보다 나이가 많은 수간호사 선생님께 부탁받았던 것이 떠올랐습니다. 지당한 말씀이라고 생각하면서 초조하게 신호를 기다리던 중 갑자기 옆에서 누가 말을 걸어왔습니다.

"저기, 도쿄의대는 이 방향이 맞습니까?"

제 또래 같았습니다. 시력에 장애가 있는 분이 쓰는 하얀 지팡이가 눈에 들어왔습니다.

"네, 이쪽으로 가시면 돼요. 저도 마침 그리 가는 길이니 함께 가시죠."

손을 잡아드릴까 했지만 상대의 자존심을 생각하니 망설여졌습니다. 저는 '작은 친절, 쓸데없는 참견'과 같은 문구가 묘하게 강하게 와 닿는 성격입니다.

"저, 눈이 불편해서 그럽니다만…… 건널목에서만이라도 손을 좀 잡아주실 수 있습니까? 뻔뻔한 부탁이라 죄송합니다."

"아뇨, 아뇨, 천만에요. 건널목뿐만 아니라 이대로 도쿄의대까지 갑시다."

고작 10분 정도였지만 중년 남자 둘이서 손을 잡고 걷게 되었습니다.

시내에서 이런 경험은 그리 흔하지 않습니다. 익숙하지 않아서 신경을 쓰긴 했지만 걷다 보니 속도가 점점 빨라졌습니다.

"미안합니다. 너무 빠르지요?"

"아니요, 전혀요. 가능하면 조금 더 빨리 걸어주세요."

그의 확실한 발걸음에 안심하며 저는 상당히 빠른 걸음으로 걸었던 것 같습니다. 병원에 도착한 무렵에는 맞잡은 손에서 땀이 살짝 배어날 지경이었습니다.

"여기가 외래 입구예요. 똑바로 가면 데스크가 있는데 그곳이 접수처고 안내원이 있어요. 저는 소아과 쪽으로 가야 해서 여기서 실례합니다. 그럼 살펴가세요."

"아, 여기 선생님이셨군요. 고맙습니다. 이렇게 빨리 걸은 건 꽤 오랜만이에요. 눈이 안 보이게 된 건 서른 살이 넘어서랍니다. 그전에는 운동도 이것저것 했거든요. 학생 때는 육상부였고요. 오늘은 날씨가 따뜻해서 이 정도 빠른 걸음에도 등에서 땀이 좀 나네요. 왠지 눈이 보이던 시절이 떠올라서 정말로 기분 좋았어요. 고맙습니다."

"그러셨다니 다행입니다. 또 뵐 기회가 있을지도 모르겠네요. 부디 몸조심하시고요."

의사 가운을 가지러 의국으로 향하는 복도를 걸어가며 생각에 잠겼습니다.

'말이란 역시 중요한 거구나.'

그가 저에게 준 것은 진심이 담긴 조용한 감사 인사였습니다.

문득 평론가 가라키 준조의 『료칸良寬*』속 한 구절이 떠올랐습니다.

나는 다른 보시는 베풀 수 없지만 말로 하는 보시라면 베풀 수 있다. 말과 말투에 신경을 쓰고, 말의 본래 사용법에 유의하며 아름답게 쓰기와 말하기를 스스로 실행해서 적어도 그것을 일반 사람들, 중생에 대한 보시로 삼자는 것이 료칸의 숨은 뜻이었을 것이다.

---

* 에도시대 후기의 승려이자 시인.

+++ 트리아지

한때 병동 중학생 환자 사이에서 '옴진리교* 끝말잇기'가 유행한 적이 있습니다. 그 무시무시한 홀리 네임**이나 화학물질 이름뿐만 아니라 관련 사건이 일어난 신주쿠나 마츠모토 등도 포함하니 범위가 상당히 넓었습니다. '가재'도 된다고 해서 깜

---

* 종말론을 주장했던 일본의 신흥종교단체. 1994년 6월 27일에는 나가노현 마츠모토에서, 1995년 3월 20일에는 도쿄의 지하철에서 맹독성 가스인 사린가스를 살포하는 테러를 저질러 다수의 사상자가 발생했고 이후에도 세 차례에 걸쳐 신주쿠 역 지하철 화장실에 청산가스 발화장치를 설치했으나 미수에 그쳤다.

** 옴진리교 출가 신자가 받는 교단 내의 축복명. 불교 경전에 나오는 고승이나 힌두교 신들의 이름을 조합하여 산스크리트어, 팔리어, 티벳어 등으로 만들었다.

짝 놀랐습니다. 그러고 보니 분명 마츠모토 사린 사건 이후 가재가 연못에서 배를 뒤집고 죽어 있는 장면이 뉴스에 나왔지요.

1995년 3월 20일, 저는 치과 예약이 있어서 아침 7시 반이 좀 지난 시각에 병원에 와서 6층 병실을 둘러본 뒤 예약한 8시 반에 3층 치과 외래로 내려갔습니다. 드물게도 언제나 약속을 정확히 지키는 치과 선생님이 아직 오지 않았습니다.

"늘 예약 시간을 까먹는 건 호소야 선생님인데 이상하네요."

치위생사 E 씨가 한마디 했습니다. 세상은 의외로 좁아서 E 씨는 저의 고등학교 선배이자 동창의 누나입니다. 고개를 들 수 없습니다.

그러던 차에 지하철 히비야 선에서 대폭발 사고가 일어난 것 같다는 정보가 들어왔습니다.

치과 선생님이 도착한 것과 응급실로 긴급 집합하라는 원내 방송이 나온 것은 거의 동시인 8시 40분이었습니다.

치과 선생님은 히비야에서 내려 걸어왔다고 했습니다.

"츠키지 역 주변은 난장판이에요. 폭발이 일어났다나요. 선생님도 얼른 응급실로 가주세요."

이 말을 뒤로 하고 1층 응급실로 향했습니다. 8시 50분, 응급실 앞에는 구급차가 사이렌을 울리며 줄줄이 서 있었습니다.

심폐정지 환자에게 소생술을 시도하고 있었습니다.

가까이 있던 사무직원에게 사정을 묻자 8시 반 전에 소방청에서 '지하철 히비야 선 가야바초 역에서 폭발 화재가 일어난 모양'이라는 첫 고지가 있었고, 부상자 수 명을 받아달라고 요청해온 것이 시작이었다고 합니다. 그로부터 10분 뒤에는 눈의 통증과 가벼운 호흡곤란을 호소하며 환자 몇 명이 자력으로 걸어서 병원에 왔고, 연이어 구급차가 줄줄이 들어오기 시작해 큰 혼란이 일어난 것이었습니다.

대폭발치고는 상처를 입고 피를 흘리는 사람이 없다는 게 이상했습니다. 대부분의 외래 진료는 임시로 쉬었고 사고에 휘말린 환자를 응대하는 데 모든 힘을 모았습니다.

9시 12분에 원인은 아세토니트릴이라는 유독성 액체로 보인다는 정보가 소방청에서 들어왔지만, 응급센터에서 한 혈액 검사 결과와 중증 환자의 임상 소견으로 봐서는 아무래도 그게 아닌 듯했습니다.

10시가 지나자 자위대 중앙병원에서 의사와 간호사가 도와주러 달려왔고, 맹독성 가스인 사린 중독이 강하게 의심되어 신슈대학을 비롯한 여기저기서 사린 중독 대응 처치 매뉴얼이 팩스로 들어왔습니다. 그 뒤의 결말은 모두가 잘 아는 대로입니다.

성누가 국제병원에서 그날 대응하고 수용한 환자는 모두 640명, 입원한 환자는 110명, 그 가운데 호흡정지 혹은 심정지를 일으킨 중환자는 5명(1명은 그 자리에서 사망, 다른 1명은 그 뒤 사망, 나머지 3명은 호전되어 퇴원)이었습니다.

우리 병원이 설립 이후 큰 재해나 대사건에 직접 휘말린 것은 이 사린 사건이 세 번째였습니다.

첫 번째는 1923년 9월 1일의 관동대지진. 도쿄의 가옥 70퍼센트가 무너지거나 불탔고, 사망자와 행방불명자는 10만 명이 넘었다고 합니다. 이때는 우리 병원 역시 불타서 천막 병원에서 일했다는 기록이 남아 있습니다.

두 번째는 1945년 3월 9일과 10일의 도쿄 대공습입니다. 이때도 약 10만 명의 사망자가 나왔습니다. 병실이 부족해서 예배당(채플) 로비와 복도를 임시 병실로 쓰면서 진료했다고 합니다.

그 교훈을 되새겨 새 병원 건물을 지을 때는 예배당이나 라운지, 복도의 벽 속에도 산소공급과 흡인용 배관을 설치하여 병동이 아닌 다른 곳에서도 300명 정도의 환자를 수용할 수 있도록 만들었습니다. 50년 전의 교훈도 무시할 수 없습니다.

잇달아 이송되는 환자에 대한 대응 원칙이 임시 컨트롤 센터에서 정해졌습니다. 소생술을 하고 10분이 지나도 되살아나지 않는 환자는 소생술을 멈추고 영안실로 보낼 것, 경증 환자는 예배당의 임시 침대로, 중증 환자는 병실로 옮길 것, 그리고 응급실에는 언제나 공간을 만들어 둘 것이라는 원칙을 철저하게 지켰습니다. 이렇게 환자의 중증도로 치료 우선순위를 결정하여 구분하는 것을 트리아지라고 합니다.

건조하게 내린 판단으로 구분되어 각각의 장소로 옮겨가는 환자들 속에서 예전에 미국에서 연수받던 시절에 근무했던 응급병원을 떠올렸습니다. 한밤중에 총에 맞거나 배에 칼이 찔린 환자가 실려 왔습니다. 그곳에서 트리아지는 일상적인 업무였지만, 아무래도 제 마음에 확 와닿지 않는 느낌이었지요. 오랜만에 이 단어를 마주했습니다.

그로부터 벌써 3년이 지났습니다. 올겨울 오무유업이라는 회사로부터 상담할 것이 있으니 시간을 좀 내달라는 전화를 받았습니다.

실은 옴진리교의 '옴'과 관계가 있을까 봐 조금 경계했는데, 만나보니 예전부터 후쿠오카 현 오무타에 있었던 유업회사의 사장님과 개발부 분이었습니다. 알레르기가 있는 사람을 위한 우유에 관한 상담이었고요.

이 회사도 그 사건으로 호된 일을 겪은 피해자였던 모양입니다.

✦✦✦ 잃은 아이를 노래하다

　요전에 하이쿠 시인 모임에서 하이쿠를 감상할 때 남자와 여자의 태도 차이가 화제에 올랐습니다.

　남자는 하이쿠를 음미할 때 아무래도 작가가 처한 환경이나 생애를 깊이 안 다음 서서히 감상을 시작하는 경향이 있지만, 여성은 대개 한 구절 한 구절을 그대로 하나의 작품으로서 순수하게 즐기는 예술지상주의라 할 만한 감상법이 일반적이라고 말하는 분이 있었습니다.

　그러고 보니 저도 하이쿠를 감상할 때면 그 시인이 이제까지 살아온 삶의 과정 같은 것이 몹시 궁금합니다.

* * *

소아암 치료를 전문 분야로 삼은 지도 어느덧 25년입니다. 예전에는 거의 희망이 없었던 아이들도 의학의 진보에 따라 점점 구원받게 되어 이제는 암에 걸린 아이들의 50~60퍼센트가 완치되는 시대입니다.

하지만 이 말을 뒤집어보면 나머지 40~50퍼센트의 아이들은 결국 세상을 떠난다는 뜻입니다. 젊은 시절에는 어떻게든 치료 성적을 올리려고 연구 그룹의 선두에 서서 노력해왔지만, 최근 몇 년 사이에는 그 자리를 후배들에게 양보하고 치료되지 않는 아이들을 돌보는 일을 중점적으로 하고 있습니다. 그러다 보니 제 일상생활 가운데 '죽음'이 당연하다는 듯 존재하게 되었지요.

'죽음'에는 몇 가지 유형이 있습니다. 나 자신의 죽음, 소중한 가족이나 매우 좋아하는 사람의 죽음, 그리고 타인의 죽음. 이 가운데 제가 일상적으로 접하는 것은 소중한 사람의 죽음, 이른바 '2인칭의 죽음'입니다. 부모에게 '2인칭의 죽음'이란 자식의 죽음으로 대표됩니다. 그것을 하이쿠 시인은 어떻게 받아들이고 어떤 식으로 작품에 남겼는지를 소위 남자의 눈으로 보면 흥미롭겠다고 생각했습니다.

'자식의 죽음'을 마주해야만 했던 하이쿠 시인은 드물지 않습니다. 그리고 그 시인들은 저마다 전혀 다른 태도로 하이쿠를 만들었지요.

가령 쇼와 시대의 대표적인 하이쿠 시인인 미즈하라 슈오시가 있습니다. 그는 1892년에 도쿄의 간다에서 태어났습니다. 일고*에서 도쿄제국대학 의학부로 진학한 뒤 하이쿠 잡지《두견ホトトギス》에서 하이쿠 경력을 시작했습니다. 그 뒤 쇼와의학전문학교 교수(산부인과), 궁내성 시의료侍醫寮 어용계御用係에 임용되는 등 의사로서의 일을 이어나가며 하이쿠 잡지《마취목馬醉木》의 중심인물이 되었습니다. 대표작을 꼽는 것도 어려울 정도로 유명한 하이쿠가 많습니다.

마취목 꽃 피는 가운데 금당의 문을 만져본다

배꽃 피면 가츠시카의 들판은 구름 뒤덮인 하늘에 섞이네

높은 산봉우리에 빛나는 별 누에 치는 마을은 고요히 잠들었네

이들은 교과서에도 등장하는 친근한 하이쿠입니다. 맑고 산

---

* 현재의 도쿄대학 교양학부와 치바대학 의학부 및 약학부의 전신인 구제 제일고등학교.

뜻하면서도 근대적인 작풍은 쇼와의 하이쿠를 크게 바꾸어놓았다고 평가받았습니다. 1981년에 심부전으로 사망, 89세였습니다.

이 거장이 51세이던 해, 1943년 12월에 게이오대학 의학부 학생이었던 차남 후지오를 잃습니다. 야구부 연습 도중 입은 눈 상처가 봉와직염으로 이어진 비극이었습니다.

섬세한 감수성을 지닌 슈오시가 얼마나 큰 타격을 받았을지 쉽게 상상이 됩니다. 그러나 그는 자기 아들의 죽음에 관한 하이쿠를 당시 단 한 편도 발표하지 않았습니다.

유일하게 6년쯤 지난 1949년에 "상경하는 차 안, 세상을 떠난 아이와 몹시 닮은 청년이 내 앞에 서 있어서 한 수 읊겠다"라는 머리말을 붙인 뒤

그 눈썹에 검양옻나무 단풍잎과 소나무가 지나간다

라는 하이쿠를 남겼을 뿐입니다. 죽은 자식과 닮은 청년이 차창을 향해 서 있습니다. 자기도 모르게 그 얼굴을 물끄러미 바라보자 바깥의 검양옻나무 단풍잎과 소나무가 눈썹 언저리에 그늘을 만들며 지나갔다는 뜻이겠지요.

딱 한 수를 남긴 만큼 그 구절이 가지는 무게는 엄청납니다.

유감스럽게도 저는 슈오시 님을 직접 뵐 기회를 얻지 못해서 이 이상 남자의 눈으로 이 하이쿠를 감상할 수 없습니다.

슈오시의 장남인 미즈하라 하루오 선생님은 저의 대선배인 소아과 의사인데, 몇 해 전 성마리안나 의대 교수직에서 퇴직했습니다. 가까운 시일 내에 찾아뵙고 자식을 잃은 슈오시가 정말로 이 한 수밖에 짓지 않았는지, 또 이 하이쿠에 대한 하루오 선생님의 감상은 어떤지를 꼭 여쭤보고 싶습니다. 또 슈오시의 하이쿠 가운데는 자신의 '죽음'에 관한 작품도 찾아볼 수 없습니다. 그에게 '죽음'은 하이쿠의 소재가 아니었던 모양입니다.

자기 자신에게 닥쳐오는 '죽음'과 자식의 '죽음'을 둘 다 노래한 하이쿠 시인 중 한 명으로 손꼽고 싶은 사람은 이시카와 케이로(본명 가즈오)입니다. 제 유일한 하이쿠 스승이지요.

이시카와 케이로는 1909년에 도쿄 시바 구 미타 히지리자카에서 태어났습니다. 가업은 이발사였습니다. 어린 시절부터 학업에 뛰어난 재능을 보여 당시 도쿄 시립 제일중학교의 입학시험에도 가뿐히 합격했습니다. 그러나 "이발사에게 학문은 필요 없다"라는 아버지의 한마디로 진학을 포기하고 가업을 이어받았습니다. 1933년, 24세가 되던 해 두 살 연하의 미야모토 마사코를 알게 되어 하이쿠의 기초를 배웠습니다. 미야모토

마사코는 규슈의 퇴역 대령의 딸이었고 요즘 말로 '진보적인' 여성이었습니다. 하이쿠 시인 스기타 히사조에게 2년 정도 예의범절을 배운다는 명목으로 맡겨졌는데, 나중에 후쿠오카로 돌아와 수면제를 먹고 철도로 뛰어들어 자살합니다.

케이로는 그 뒤 이시다 하쿄를 만나 《학鶴》의 동인으로 추천받았습니다. 동문 가운데 하이쿠 시인 겸 소설가인 이시즈카 토모지가 있어서 그를 통해 가사이 젠조, 우노 코지, 요코미츠 리이치 같은 작가들과도 인연을 맺게 되었습니다. 대중소설 작품에 수여되는 나오키상 후보에도 오르며 하이쿠와 소설을 동시에 짓는 생활을 이어갔고, 훗날 하이쿠 잡지 《풍토風土》의 중심인물이 되었습니다. 제가 《풍토》에 입회한 것은 스무 살 때였는데 당시 케이로 선생님은 50대 후반이었습니다.

저를 무척 예뻐해 주셨습니다. 2년 뒤에는 《풍토》의 동인으로 맞이해주셨지요. 이듬해 아사히신문의 하이쿠 문단 특집 '사제 경영競詠' 코너에 선생님과 함께 작품을 발표했던 것은 매우 뜻깊은 일이었습니다.

얼마 뒤 저는 대학을 졸업하고 상경해서 성누가 국제병원에 취직했습니다.

케이로 선생님이 몸이 안 좋아져서 아직 풋내기였던 소아과 의사에게 전화를 건 것은 그 무렵이었습니다. 그리고 결국 성누가에서 세상을 떠나셨지요. 당시의 일을 적은 글이 있습니다.

* * *

1975년 11월 6일 아침 6시, 전날 담당 환아의 상태가 좋지 않아서 병원에서 자던 나는 당직용 전화벨 소리에 일어났다. 지독히 추웠다.

"내과병동인데요, 선생님의 지인인 이시카와 카즈오 씨의 상태가 갑자기 나빠졌고 혈압도 떨어지고 있어요. 연락처가 분명치 않은데 이쪽으로 빨리 와주실 수 있나요?"

간호사의 목소리는 비교적 침착했지만 절박한 느낌이 전해져서

"금방 갈게요"

라고 내뱉은 뒤 달려갔다. 심장이 거세게 뛰어서 당직실의 샌들을 꿰어 신은 발이 생각대로 앞으로 나아가지 않았다.

'요즘 기도 협착이 급하게 진행되었으니까 그럴 만해. 혈중 산소결핍이랑 예전부터 있었던 저영양 상태가 산독증에 박차를 가한 걸까…… 아니면 어딘가에 출혈이라도 일어난 걸까.'

머리만은 맑아서 이런 직업적인 의문이 차례로 떠올랐다.

병실로 뛰어들어 내과 당직 의사를 도와 이미 호흡이 멈춘 케이로 선생님의 기도를 확보하고 인공호흡기를 연결한 뒤 링거액 속에 강심제 등을 넣었다. 나의 유일한 하이쿠 스승, 이시카와 케이로가 죽으려 하는데도 마음은 이상할 정도로 차분히 가라앉아 있었다. 그저 겨우 연락이 닿은 사람들이 시시각각 다가오는 임종의 순간까지 올 수 있기만을 빌었다.

소생술에도 거의 반응이 없어서 5시간 뒤 가족과 가까운 하이쿠 동료들이 지켜보는 가운데 선생님은 세상을 떠났다.

내가 선생님을 잃은 슬픔을 실감하고 눈물을 하염없이 흘린 것은 츠루카와의 자택에서 치른 장례식에서 영정사진을 본 뒤였다.

케이로 선생님에게서 병에 관한 전화를 받은 것은 1974년 10월도 끝나갈 무렵이었다. 소화제 캡슐이 목에 잘 걸려서 근처 의원에서 진찰을 받았더니 상태가 좀 이상하다는 말을 들었고, 성누가에서 한번 자세히 진찰해줬으면 좋겠다는 전화였다. 몇 주 전 하이쿠 모임에서 선생님을 뵈었을 때의 피로한 모습과 전화로 들은 이야기로 봐서

'식도암일지도 모르겠는걸. 큰일이다'

라는 직감이 퍼뜩 들었다.

바륨을 이용한 식도조영술을 알아보고, 소화기 내과의 수석

의사에게 부탁해서 예약을 잡아 11월 7일에 진찰을 받았다.

그때의 진료기록을 보면 술과 담배 등 기호품 칸에 하루에 담배 서른 개비, 술은 컵으로 한 잔이라고 쓰여 있다. 몸 상태가 좋지 않아서 자제하고 계셨던 것 같다. 오줌과 혈액검사에서 이상은 없었다. 바륨 현탁액을 마시고 식도조영술을 받았다. 바륨 현탁액을 삼키는 동작이 자연스럽지 않았고, 목 식도 아래쪽 벽에 울퉁불퉁 고르지 않은 점막 주름이 있었다. 식도 아래쪽은 예전에 받은 결핵 수술로 인한 경련 때문에 편위偏位가 보였다. 바륨의 역겨운 맛에 대해 불평하셨다.

식도암이라는 의심이 더욱 강해져서 11월 15일에 다시 병원에 오셨다. 이비인후과의 수석 의사가 식도경을 써서 생검을 했고, 암이 확진되었다. 이날의 일은 선명히 기억한다.

정오가 다 되어갈 무렵 검사실 앞에서 기다리자 케이로 선생님이 나오셨다. 국소마취와 검사로 지치셨는지 안색이 창백했다.

"괴로웠어. 다시 하는 건 사양일세."

쉰 목소리로 말씀하셨다. 선생님을 그곳에 두고 이비인후과 수석 의사에게 이야기를 들으러 검사실로 들어갔다.

"식도암이라면 숨기지 말고 알려달라고 본인도 말씀하셨고, 무엇보다 병과 확실히 마주하고 싶다며 침착한 자세를 보이셔서 사실대로 말씀드렸어요."

이비인후과 의사의 이야기를 듣고 케이로 선생님의 안색이 창백했던 이유가 약 때문만은 아니었구나 싶었다.

근처 찻집에서 함께 차를 마시며 선생님과 이야기를 나누었다. 아직 목의 마취가 덜 풀린 듯 한 모금 두 모금 핥듯이 차가운 홍차를 드셨다. 그러는 동안에도 마음의 동요를 필사적으로 숨기고 계시다는 것을 잘 알 수 있었다. 수술은 절대로 하기 싫다는 것, 항암제로 하는 임기응변식 치료나 구토, 게다가 머리카락이 빠지는 것도 사양이라고 주장하셨다. 그런 다음 선생님은 아드님께 전화를 거셨는데, 그 가게에서 지갑을 잃어버린 것도 추억이다.

암 발생 부위가 위험한 곳이었고 번진 범위도 상당히 넓었다. 나이, 체력, 본인의 희망을 고려해 수술은 하지 않기로 했다.

나흘 뒤부터 방사선 치료를 시작했다. 공교롭게도 병동에 빈자리가 없어서 처음 며칠 동안은 근처 호텔에서 통원 치료를 받았다. 입원할 수 있게 되어 잡은 병실은 3층 내과병동의 2인실로 선생님의 침대는 창가였다. 병실에서 약 100미터 정도 떨어진 스미다 강이 내다보이는 것 말고는 아무것도 없는 살풍경한 곳이었다.

작은 꽃병의 차나무 꽃을 오늘 별이라고 생각한다

케이로

11월 20일의 하이쿠.

차나무 꽃은 꽃잎이 다섯 개 달린 작고 하얀 꽃이다. 입원 직후 선생님의 심정을 헤아릴 수 있을 것 같다.

방사선 치료를 시작하고 20일 정도 지나자 조금씩 목이 아프기 시작하셨다. 방사선으로 인한 화상이다. 피부도 잘 상하게 되어 수염을 깎지 말라는 주의를 들으셨다. 선생님의 턱에는 흰 수염이 자라났다. 한 달 정도 지나자 바륨 조영으로도 종양이 점차 작아지는 것이 보였고, 자각 증상도 목의 통증 말고는 거의 사라졌다.

12월에 병원에서 맞이한 크리스마스는 나름대로 즐겁게 보내셨다. 올해도 평소처럼 병원 예배당에서 크리스마스 예배가 거행되었다. 나는 소아병동의 교회 쪽으로 튀어나온 테라스에서 아이들과 함께 흰 옷 입은 사람들과 촛불이 모여드는 광경을 멍하니 바라보며, 올해도 작년과 완전히 똑같은데…… 하고 조금 이상한 감회에 젖어들었다.

마지막 설날은 선생님의 사무실이 있는 츠루카와에서 보내셨다. 병원으로 돌아오신 것은 1월 3일, 살짝 감기 기운이 있었지만 금방 회복해서 1월 17일에는 퇴원하셨다. 퇴원 전에 받은 식도조영술에서는 상태가 더욱 좋아진 것이 보였다.

이 무렵에는 혹독한 현실을 잘 알고 있는 나조차도

'어쩌면 암세포가 전부 없어진 게 아닐까……'

하는 기대를 품을 정도였다.

4월에 한 번 자택 근처에서 자전거를 탄 아이를 피하려다 넘어져 머리를 전봇대에 부딪히셨다. 연락을 받고 신경내과에서 진찰했는데 이상은 없었다.

그 뒤 도쿄 하이쿠 모임에서 몇 번 뵈었을 때 비교적 건강한 모습이셔서 마음을 놓긴 했지만, 6월에 다고츠蛇笏상 시상식 회장에서

"전체적인 몸 상태는 좋은데 목구멍이 좀 얼얼하고 그게 점점 심해지고 있거든. 이 바쁜 일이 마무리되면 한번 검사할 겸 진찰받으러 가려고 하네. 그렇지, 7월 초순 이후에 말일세"

라는 말을 듣고 7월 10일에 식도조영술과 이비인후과 진찰을 예약했다. 그 사이 병세는 상당히 악화되었다.

7월 10일 오전에 바륨 검사를 받고 연이어 이비인후과에서 진찰을 받으실 예정이었다. 그런데 선생님이 식도조영술이 끝난 뒤 방사선과 의사에게

"이제 마지막입니다. 이걸로 끝이에요"

라는 말을 듣고, 이제 다 틀렸다고 오해하고는 그대로 집으로 돌아가신 해프닝이 일어났다. 아무리 기다려도 이비인후과 진찰실에 오시지 않아서 나에게 연락이 왔다. 의아하게 여기던 차에 그 무렵 선생님을 돌봐드리던 T 씨로부터 전화가 걸려왔다.

"병원에서 포기했다는 게 사실입니까? 선생님은 그렇게 듣고 친구 분 댁에 가서 연락도 안 되는데요."

상당히 강한 어조로 추궁당해 알아본 끝에 정황을 알게 되었다. 케이로 선생님도 정신적으로 상당히 궁지에 몰려 있었던 것이다. 상황을 자세히 설명하고 오해를 풀기 위해서라도 다시 한 번 병원에 와주십사 부탁하며 전화를 끊었다.

다음 날인 7월 11일은 무더운 여름날이었고, 저녁부터 밖에서 소아병동의 불꽃놀이 행사를 하고 있던 참이었다. 호출이 와서 전화를 받아보니 T 씨였다.

"선생님이 기침을 하시면서 열이 심하게 납니다. 근처 병원에서는 해결이 되지 않고 구급차도 도쿄까지는 못 간다고 해요."

서둘러 내과 당직 의사와 의논한 뒤 택시든 뭐든 타고 얼른 모시고 오라고 말했다.

밤 9시가 지나 T 씨가 선생님을 모시고 병원에 왔다. 몸을 움직이는 것도 힘들어 보였다. 이야기를 들어보니 요 며칠 동안 음식물이 넘어가지 않았고, 어제부터는 기침과 열도 났다고 한다. 그런 상황인데도 왜 어제 왔을 때 진찰을 받고 가지 않으신 걸까.

'T 씨도 같이 왔으니 그 정도쯤이야 아시잖아요.'

따져 묻고 싶은 마음을 억눌렀다. 열로 상기된 얼굴을 괴로운 듯 찌푸리는 선생님을 보니 어제의 행동도 이해가 되었다.

연하성폐렴과 탈수를 진단받고 긴급 입원하셨다. 어제의 식도조영술로 보아 암이 기세를 회복했다는 사실은 이미 명백했다. 링거로 수분을 보충하고 항생제 치료도 함께 했다. 이틀 만에 열은 내렸지만 음식물을 삼키기 어려운 상태는 이어졌다. 선생님을 설득해서 싫어하셨던 식도경 검사를 한 번만 더 받게 했더니 이미 암은 식도 전체로 퍼져 있었다. 7월, 8월의 무더위 속에서 선생님과 암의 싸움이 이어졌다. 거의 아무것도 삼키지 못해서 링거에 의지하는 나날이 계속되었다.

"문병 온 사람이 가져온 메밀국수가 맛있어 보여서 먹어보려 했는데 전혀 안 넘어가더군."

"좀 먹을 수 있게 되면 일을 하고 싶다네."

"맛있는 게 먹고 싶어."

당시의 진료 기록 속에서는 선생님의 절규가 드문드문 엿보인다. 수술은 안 된다, 화학요법도 싫다는 선생님에게 남겨진 치료 수단은 다시 방사선 요법을 받는 것이었다.

'지난번에는 꽤 효과가 좋았지만 이번에는 쓸 수 있는 양도 한정되어 있으니 잘 안 될지도 몰라.'

자꾸만 드는 생각을 떨쳐내며 선생님께 힘내자고 말씀드린다. 내가 내과 의사도 이비인후과 의사도 방사선과 의사도 아닌 것이 애가 탄다.

8월로 들어서자 콧구멍에 튜브를 넣어서 영양을 공급해야만 하는 상황이 되었다. 선생님은 잘 참으셨다.

"암에 좋은 말굽버섯을 한 되 정도 고아서 먹으면……"

8월 5일자 진료 기록에는 이렇게 말씀하셨다고 쓰여 있다. 그 무렵 기침이 다시 심해지셨다. 기도까지 암이 퍼지기 시작한 걸까.

많은 사람들이 문병 오는 면회 시간을 피해 병실에 상태를 보러 가는 건 늘 밤 9시가 넘어서였다. 그 시각에는 이미 한낮의 더위에 지쳐 주무시고 계실 때가 많았다.

그 편이 선생님의 여윈 얼굴을 정면으로 마주하지 않아도 되어서 좋았다. 조심스레 청진기를 갖다 대면 좁은 기도를 통과하는 숨소리가 땀으로 축축해진 피부를 통해 들려온다. 참기 힘든 절망감과 패배감이 몰려든다. 암이 현대 의학을 비웃고 있다. 하지만 이건 나만의 감정이다. 오로지 방사선 치료에 기대를 걸며 효과가 나타나기를 빌었다.

9월 11일, 방사선 치료 종료. 선생님의 기력은 아직 건재해서 집에서 일을 하고 싶다고 종종 말씀하셨다. 위장으로 튜브를 넣는 것조차 힘들어져서 위에 구멍을 뚫어서 직접 튜브를 꽂으면 어떻겠느냐는 이야기가 나왔다. 처음에는 거부하던 선생님도 익숙해지면 집에서 지낼 수 있고, 코로 넣는 관보다 괴롭지 않다는 설명을 듣고 승낙하셔서 9월 29일에 위에 구멍을 뚫는 수술을 했다.

오래 몸져누워 있다 보니 요로감염증도 생겼다. 또 긴 시간 동안 위장이 거의 물만 먹는 생활에 익숙해진 탓에, 위 구멍을 통해 공급하는 영양물을 아무리 묽게 해도 위장에 부담이 가서 설사가 이어졌다.

10월 27일, 케이로 선생님보다 약 10개월 뒤에 간암 판정을 받았던 가도카와 출판사의 창립자 가도카와 겐요시 씨가 돌아가셨다는 뉴스를 텔레비전에서 보고 한층 기력이 꺾인 모습을 보이셨다.

"잠깐 댁에 돌아가실 수 있도록 내과에 부탁해볼까요?"

이렇게 여쭈었더니

"아니, 병원에 있겠네"

라는 대답밖에 돌아오지 않았다.

11월로 들어서자 기관으로 심각하게 번지기 시작했는지 혈담이 나왔고, 호흡 곤란이 점점 빠르게 진행되었다. 11월 6일 해 뜨기 전 혼수상태에 빠져서 아침 11시에 돌아가셨다.

그 뒤 병리해부를 했다.

해부가 끝나고 선생님의 유체를 뒷문으로 보낼 무렵에는 가을비가 지나가고 있었다. 해부대 위 선생님의 피 색깔이 눈 안쪽에 남아 있던 내게는 빗방울 하나하나가 어두운 하늘에서 떨어져 내리는데도 녹색으로 반짝이는 것처럼 보였다.

* * *

지금으로부터 20년도 더 전에 쓴 문장이라서 좀 부끄럽기도 하지만 몹시 그립습니다.

중간에 인용한 하이쿠 외에 첫 입원 때 지은 작품으로는 다음과 같은 것이 있습니다.

술지게미 장국에 데워지는 생명이 있다

12월 24일, 케이로가 스승으로 우러르는 나가이 타츠오가

병실로 문병을 왔습니다. 케이로가 마침 간호사의 권유로 예배당에서 열린 크리스마스이브 예배에 참가해서 병실을 비운 때였습니다. 나가이는 전언을 남기고 그대로 떠났는데, 그 사실을 안 케이로는 몹시 당황하여 긴자 근처의 짐작 가는 가게에 전화를 걸어서 결국 그가 있는 장소를 찾아내어 그곳으로 갔습니다. 그 가게에서 얻어먹은 것이 바로 이 작품 속 술지게미 장국입니다. '생명'이 손에 잡힐 듯 느껴집니다.

그리고 두 번째 입원 때의 작품.

달콤한 이슬을 나눠다오 풀벌레야

아무것도 목구멍으로 넘어가지 않고 물조차 마실 수 없는 상황에 처한 케이로가 들판의 풀벌레에게 호소하는 하이쿠입니다. 너희들이 마시는 이슬은 분명 달콤하겠지. 아주 조금이라도 나눠달라는 케이로의 외침이 들립니다.

케이로는 1인칭의 죽음을 무겁게 받아들이고 우울해하기는 했지만, 작품 어딘가에서 희미한 빛을 느끼는 건 저뿐일까요.

이 1인칭의 죽음을 받아들이는 태도에 비해, 그가 1941년에 사랑하는 큰딸을 소화불량으로 잃었을 때 지은 시는 몹시 슬픕니다.

"7월 20일 외동딸의 죽음에 직면하다"라는 머리말이 달린
두 하이쿠가 있습니다.

떨어진 나방 간호하다 맞이한 창백한 새벽

수국이여 차가워져 가는 내 아이 머리카락을 쓰다듬는다

첫 번째 시. 죽어가는 내 아이의 곁에서 밤새 간병하고 있습
니다. 길었던 밤도 밝아올 무렵, 머리맡에 나방이 떨어져 있었
습니다. 아침의 희미한 빛 속에서 그 나방이 파르스름하고 꺼
림칙하게 빛납니다. 뭔가 불길한 일을 연상시키는 정경입니다.

두 번째 시. 설명할 필요가 없습니다. 호흡이 멎고 심장이 멈
춰서 의사에게 "숨을 거두었습니다"라는 말을 들은 뒤, '불쌍
한 것' '잘 참았다'라는 생각을 담아 아이의 머리카락을 쓰다
듬고 있습니다. 그러는 동안에도 아이의 몸은 점점 차가워집니
다. 창밖에 핀 수국의 질감과의 미묘한 조화가 독자에게 슬픔
을 보다 강렬하게 전합니다.

그 뒤에 지은 '매골 _埋骨_'이라는 작품도 있습니다.

겨우겨우 신는 버선 불안한 마음이구나

아이와 사별한 부모에게 매우 괴로운 작업 중 하나가 매골과 납골입니다. 제가 아는 부모 중에서도 뼛가루를 멀리 두지 못해서 몇 년이나 집에 두고 생활하는 분이 적지 않습니다. 작가도 뼈를 묻는 날 아침 몹시 괴로운 심정이었습니다. 평소와 같은 치수의 버선인데도 발이 잘 들어가지 않습니다. 초조함이 슬픔과 겹쳐집니다.

그리고 또 한 수, '하코네 고라호텔에서'라는 머리말이 붙은 작품입니다.

　　　다른 집 아이가 걸어가는 안개 속에서 멈춰 선다

하코네의 안개는 짙습니다. 그 안개 건너편에 세상을 떠난 자식의 모습이 떠오릅니다. 자기도 모르게 멈춰 서서 눈을 비비고 다시 보자 키와 몸집이 매우 비슷한 다른 아이였다는 내용이지요. 아이를 잃은 부모의 마음이 아플 정도로 잘 와닿는 작품입니다. 울보인 제게는 역시 '죽음'을 읊지 않고서는 견딜 수 없었던 케이로가 슈오시보다 더 친근하게 느껴집니다.

아이를 잃은 괴로운 심정이 케이로 자신의 마지막 2년간의 생활과 하이쿠에 어떻게 반영되었는지 한마디로 말하기란 불가능합니다.

　그러나 그의 1인칭의 죽음을 읊은 작품을 감상할 때, 젊어서 자식을 잃었다는 점은 반드시 염두에 두어야 할 것입니다. 이것이 남자의 눈으로 보는 하이쿠 감상법이겠지요.

+++ 크리스마스

　제가 일하는 성누가 국제병원은 거의 백 년 전에 기독교 포
교 활동을 하러 일본에 온 퇴슬러Rudolf Bolling Teusler라는 젊
은 미국인 의사가 세웠습니다. 그래서 당연히 병원 한가운데에
예배당이 있었습니다.

　5년쯤 전 새 건물이 예전 건물 옆에 완성되어 이사를 했지
만, 예배당과 그 주변은 개수 공사를 해서 구관으로 남아 있습
니다. 새 병원에 비해 오래된 건물에는 퇴슬러 이후 환자 치료
에 힘써온 수많은 의사와 간호사의 마음과 정신이 진하게 배
어 있는 느낌입니다. 건물이란 참 신기하지요. 그 안에서 일하
기만 해도 특별한 에너지가 전달되는 건물이 분명 있으니까요.

　이 이야기는 그런 구관에서 일어난 일입니다.

크리스마스가 다가오면 지금도 예배당의 제단 옆에는 근사한 크리스마스트리가 장식됩니다. 당일은 병원도 하루 쉬며 크리스마스를 축하합니다.

크리스찬도 아닌 저까지 덤으로 쉬는 휴일이니, 전나무의 향긋한 냄새를 맡으며 '크리스마스는 참 좋구나' 하고 진심으로 생각합니다.

크리스마스부터 설날까지 어떻게든 집에서 보낼 수 있을 것 같은 아이들은 외박 허가를 받아서 병동을 나갑니다. 평소에는 꽉 차 있는 소아병동에도 빈 침대가 눈에 띄어서 휑한 느낌입니다.

남아야 하는 아이들은 가엾습니다.

그들을 위해 영양사와 조리사가 솜씨를 한껏 발휘해서 저녁 식사를 만들어주기도 하지만, 침대에 남아 있는 아이들은 대부분 상태가 좋지 않아서 식욕도 없습니다. 모처럼 준비한 만찬도 전혀 손댄 흔적 없이 배식실로 돌아오는 경우가 많습니다.

그런 광경을 마주하면 스미에가 떠오르고 스미에의 아버지와 어머니가 떠오릅니다. 부모님은 둘 다 독실한 크리스찬이었습니다. 몸집이 작고 과묵한 아버지는 당시 어느 신학교에서 영어를 가르치고 있었습니다. 미국 생활이 길었던 탓도 있었겠지요. 몹시 진보적인 가족이었습니다. 15년도 더 된 일입니다만, 백혈병에 걸린 초등학교 1학년짜리 스미에가 병명과 치료 방법을 모조리 이해하도록 부모님이 이야기를 해두었다는 것이었습니다.

얼마간 순조롭게 치료가 진행되었지만 유감스럽게도 재발해서 그 뒤 우리 병원으로 옮겨왔습니다. 제가 미국에서 막 돌아온 때여서 가장 의욕 넘쳤던 시기였지요. 미국에서는 아이들에게도 병에 대해 자세히 설명해준 다음 초등학생 환자에게는 치료동의서에 사인을 받았습니다. 또 글씨를 아직 못 쓰는 아이에게는 한차례 이해시킨 다음 동그라미든 세모든 자기가 좋아하는 모양으로 표시하도록 하는 규칙이 이미 확립되어 있어서, 본인이 병명을 이미 아는 스미에를 대하는 데 제가 애 먹을일은 별로 없었습니다. 하지만 병동 스태프들은 그런 경험이처음이어서 상당히 당황했습니다. 주위의 친구들이나 필사적으로 아이들에게 병명을 감추려 했던 가족들도 깜짝 놀랐습니다.

"난 급성 림프성 백혈병이야."

스미에가 누군가에게 이렇게 이야기할 때마다 모두들 몹시놀라서 큰 웅성거림이 일어나곤 했습니다.

"스미에의 병은 잘 아는 선생님들에게는 하나도 드물지 않고, 노력하면 나을 수 있는 거야. 그렇지만 처음 듣는 사람은 깜짝 놀라겠지? 그러니 잘 모르는 사람에게는 알려주지 않는 편이 좋아. 이것저것 쓸데없이 물어오면 귀찮잖아."

어느 날 비즈 공예에 푹 빠져 있던 스미에에게 말했더니

"응, 알겠어요"

하고 고개를 끄덕였습니다.

다른 아이들을 잘 보살펴주는 성품이어서 같은 병을 가진 한 살 어린 여자아이에게 '검사 때 별로 아프지 않게 해주는 기도'를 가르쳐주는 모습을 본 적도 있습니다.

버티고 또 버티던 스미에의 상태가 마지막으로 나빠진 것은 그해 크리스마스가 코앞으로 다가온 무렵이었습니다. 크리스마스이브의 만찬을 가져다줘도 괴로운 듯한 눈으로 흘끗 쳐다볼 뿐이었습니다.

"스미에가 엄청 좋아하는 새우튀김이야. 딸기도 있네."

어머니가 아쉬운 듯 서글프게 메뉴를 설명해줬습니다.

'어째서 이런 꼬맹이가 서둘러 천국으로 가야만 하는 걸까. 신도 참 제대로 돌봐주면 좋을 텐데.'

혼자 화를 내다가 중요한 일을 까먹고 있었다는 것이 퍼뜩 생각났습니다. 너무도 바쁜 나날이 이어지던 통에 스미에와 약속했던 크리스마스 선물을 미처 준비하지 못한 것입니다. 어둠이 완전히 내려앉은 밖으로 허둥지둥 뛰어나갔습니다.

10일쯤 전 기분이 괜찮은 시간에 침대 위의 스미에와 '좋아하는 것'에 대해 느긋하게 이야기를 나눈 적이 있었습니다.

"저는 푸른 하늘이랑 흰 구름이 좋아요. 그렇지만 제일 좋아하는 건 사과예요."

"……"

"사과예요, 선생님. 새빨간 사과요."

저를 똑바로 바라보는 스미에의 눈을 보자 눈물이 나올 것 같았습니다.

"사과구나. 선생님이 태어난 곳에는 사과나무가 엄청 많아서 봄이 오면 흰색에 분홍색이 살짝 섞인 꽃이 여기저기서 잔뜩 피었어. 그게 열매가 되어서 가을이 오면 커다란 사과가 점점 새빨개지는 거야. 아주 예쁘단다."

"우와, 보고 싶어요."

"건강해지면 함께 보러 가자."

야마가타의 드넓은 사과밭을 보여주고 싶다고 간절히 생각했습니다.

크리스마스 때는 예쁜 리본으로 장식한 새빨간 사과를 선물해주겠다고 그때 약속했습니다.

근처 과일가게에서 가장 예쁜 사과를 사면서 초록색 리본도 조금 얻었습니다.

'초록과 빨강은 딱 크리스마스 색깔이니 이걸로 완벽해.'

이렇게 생각했습니다. 병동으로 돌아와 사과에 리본을 장식하려고 이런저런 시도를 해봤지만 아무래도 잘 되지 않았습니다. 아무리 애써도 볼거리에 걸린 사과가 초록색 파스를 붙이고 있는 모습이 되고 말았습니다. 보다 못한 수간호사 선생님이 셀로판지와 초록색 색지를 어딘가에서 얻어 오셨습니다. 사과 아랫부분을 초록색 종이로 감싸고 셀로판지로 전체를 포장한 뒤 그 위로 리본을 묶어 주셨습니다.

스미에는 이미 잠들어 있었습니다. 살짝 머리맡에 두고 왔습니다.

초록색 나뭇잎 그늘에 흔들리며 익어가는 사과. 어린 시절부터 보아온 익숙한 풍경이 문득 떠올랐습니다.

다음 날 생긋 웃으며

"고마워요"

라고 인사해준 스미에가 세상을 떠난 것은 섣달 그믐날이었습니다.

그날 밤, 스미에가 다니던 미타카 시의 교회에서 열린 장례식은 몹시 슬프고 추웠던 것을 어제 일처럼 기억합니다.

관 옆에는 녹색 리본이 그대로 달린 사과가 놓여 있었습니다.

+++ 탯줄

미에 현 츠津 시에 산부인과를 연 친구가 있습니다.

성누가병원의 수련의 동료로 원래 내과의였던 그는 마취과로 바꿨다가 결국은 출신 대학의 산부인과 교실로 돌아갔습니다. 조교수가 되어 다음은 교수가 되겠거니 하던 차에 개업한 것이었습니다. 이런저런 생각이 있었겠지요.

"맛있기로 소문난 마츠자카 소고기를 대접할 테니 한번 와."

친구의 꾐에 넘어가 처음 어머니가 되는 임산부들에게 강연을 하러 갔습니다. 에도시대의 하이쿠 시인인 마츠오 바쇼가 태어난 곳이지요. 그의 대표적인 기행문『오쿠로 가는 오솔길おくのほそ道』의 첫머리를 떠올리며, 흔들리는 차에 몸을 싣고 깊은 산속으로 들어갑니다.

세월은 영원한 여행객이고, 오가는 해年도 나그네다. 배 위에 삶을 띄우고 말고삐를 붙잡은 채 노년을 맞이하는 자는 날마다 여행하며 여행을 제 집으로 삼는다. 옛 사람 중에도 여행길에서 죽은 자가 많다. 나도 어느 해부터인가 조각구름의 바람에 이끌려 방랑하고 싶은 생각이 그치지 않는구나……

'같은 여행이라 해도 조각구름의 바람에 이끌려 떠나는 것과 마츠자카 소고기에 이끌려 게걸스럽게 떠나는 것은 너무도 다르군.'

이런 자조 섞인 생각에 쓴웃음을 짓다가 바쇼의 생가에 도착했습니다.

뒤뜰의 마음이 편안해지는 자그마한 비석에는 하이쿠가 새겨져 있었습니다.

고향이여, 탯줄을 보고 우는 세밑

바쇼

이 시는 오랜만에 고향의 형을 보러 간 바쇼가 형 부부와 두런두런 이야기를 나눈 뒤 소중히 보관된 자신의 '탯줄'을 보고 읊은 작품입니다. 부모님은 이미 돌아가셨고 때는 마침 섣달이었습니다. 하이쿠의 모든 요소가 갖추어진 한 수입니다.

'탯줄臍の緒'은 한자로도 짐작할 수 있듯 '배꼽臍에 달린 줄緒'입니다.

원래 '줄'이란 가느다란 끈 같은 것이지요. '줄 끊어진 연'이라든지 '끈 떨어진 뒤웅박' 같은 속담에는 고개가 끄덕여지지만, 신생아에게 '탯줄'이 붙어 있는 모습을 보면 '줄'보다는 '꼬리'가 연상됩니다. 이것은 제가 어릴 때부터 하던 생각입니다.

'탯줄'은 어머니의 체내에서 태반과 아기를 연결하는 젤리 형태의 튜브입니다. 그 안으로 제동맥臍動脈 두 가닥과 제정맥 한 가닥이 통과하지요.

아기가 태어나면 역할이 끝나서 어느 정도의 길이를 남겨두고 가위로 자릅니다.

'탯줄'은 '태꼬리' 같은 모습으로 얼마간 거기 붙어 있다가 수분을 잃고 말라서 딱딱해지면 일주일에서 열흘 정도 만에 저절로 떨어집니다.

대부분의 산부인과에서는 출산 직후 아기의 배에서 1센티미터도 안 되는 지점에 플라스틱 클립을 끼운 뒤 자르기 때문에 '탯줄'은 짧막해서 거의 딱지처럼 보입니다.

그 옛날 산파라고 불렸던 조산사가 집에서 분만을 도왔던 시절에는 상당한 길이를 남겨두고 끈으로 묶은 뒤 잘랐기 때문에 나름대로 존재감이 있었습니다.

바싹 마른 '탯줄'은 예로부터 액막이로서 귀하게 여겨져 오동나무 상자 등에 넣어 소중히 보관했습니다.

아이가 큰 병을 앓으면 아주 조금씩 깎아내어 약으로 먹였다고도 합니다.

바쇼는 자신의 '탯줄'을 소중히 보관해준 돌아가신 부모님의 마음에 감동했던 것입니다.

이 일화를 아사히신문의 육아칼럼에 짤막하게 썼더니 며칠 뒤 매우 기쁜 편지가 왔습니다.

보낸 이는 국립 미나미와카야마병원 원장인 모리와키 카나메 선생님이었습니다.

느닷없이 편지를 보내는 점을 모쪼록 양해해주십시오. 지난번 아사히신문에서 선생님이 쓰신 '두근두근 육아' 코너의 〈탯줄〉 편을 매우 흥미롭게 읽었습니다. 이런 말씀을 드리는 이유는 마찬가지로 '탯줄'이라고 제목 붙인 저희 논문이 《사이언스》에 실린다는 연락을 받은 참이었기 때문입니다. 교정쇄 복사본을 함께 보내드립니다. 유전자 진단, 유전자 치료 시대를 맞이하여 일본처럼 서양 선진국에서도 탯줄을 보존하는 습관이 차차 정착되지 않을까 합니다. 그래서 '탯줄'에 관한 연구를 시작한 이후로 탯줄을 보존

하는 관습은 일본 특유의 것인지, 언제부터 그런 풍습이 생긴 것
인지 등이 궁금했습니다. 바쇼의 시대로 거슬러 올라간다는 사실
을 알게 되어 선생님의 깊은 조예에 경의를 표할 따름입니다. 모
쪼록 앞으로도 지도 부탁드립니다. 저도 다음에 꼭 한번 바쇼가
태어난 이가우에노에 가보고 싶습니다.

함께 들어 있던 것은 미국의 초일류 과학잡지 《사이언스》에
실린 「탯줄: 선물Heso-no-O: A Gift」이라는 글이었습니다. 《사
이언스》는 영국의 《네이처》와 함께 과학자라면 한 번쯤 논문
을 싣고 싶어 하는 동경의 잡지입니다.

모리와키 선생님 논문의 요지는 다음과 같았습니다.

콜린에스테라제 결손 가계를 찾아내어 부틸콜린에스테라제에
관한 유전자를 탐색하는 과정에서 갓 태어난 신생아와 한 살짜리
아기를 채혈하는 일이 꼭 필요해졌다. 부모는 협조적이었으나 아
기들의 피를 뽑는 것은 가엾어서 싫다고 했다. 이 상황을 해결하
기 위해 보존해두었던 탯줄을 써보기로 했다. 시도해봤더니 해석
이 잘 되어 이상이 발견되었다. 마침 20년 전에 태어난 아들의 탯
줄을 보존해둔 동료 연구자가 있어서 비교 분석했더니 정상이었
다. 탯줄을 보관해두는 일본의 오랜 관습이 앞으로 과학에 크나큰

도움이 되리라는 점을 강조하고 싶다.

편지와 논문은 둘 다 인간의 지적 호기심과 문화에 대해 이런저런 생각을 하게 만들었습니다.

+++ 이별

권군금굴치 勸君金屈巵

만작불수사 滿酌不須辭

화발다풍우 花發多風雨

인생족별리 人生足別離

텍사스대학의 종합암연구소 MD 앤더슨 암센터의 소아과에서 보낸 3년 가운데 반년 남짓을 실험실에서 보냈습니다. 그때 우두머리는 왕 선생님, 중국 출신의 젊은 교수였습니다. 그의 책상 앞 벽에 이 오언절구 색지가 액자로 만들어져 장식되어 있었습니다.

우무릉이라는 중국 시인의 작품입니다. 소설가 이부세 마스지가 멋지고 세련된 분위기로 번역했지요. 제가 좋아하는 시 중 하나입니다.

이 술잔을 받아주오
부디 넘치게 따르게 해주오
꽃 필 무렵에는 비바람이 잦다 했소
'이별'만이 인생이라오

액자 속 무릉의 시를 알아차린 것은 골육종으로 이제껏 잘 버텨온 여자아이를 간호한 날 저녁이었습니다. 저를 매우 잘 따랐던 그 아이가 숨을 거두어 맥이 빠져 있던 터라

'이별'만이 인생이라오

라는 한 행이 마음을 몹시 울렸습니다.
닥터 왕에게 이야기했더니
"자네는 한시를 아는군"
하며 굉장히 기뻐했습니다. '권주勸酒'라는 제목이 붙은 이 시에서 술 이야기가 나왔고, 다시 사자성어로 화제가 바뀌어 '주지육림'이라고 종이에 썼더니 그가

"이야, 닥터 호소야는 엄청난 걸 다 아네. 주지육림, 주지육림"

하고 반쯤 얼굴을 붉히며 거듭 감탄했습니다. 아무래도 중국인들에게 한자가 주는 충격은 상당한 모양입니다. '주지육림'이라는 글자만으로도 포르노 정도의 효과가 있는 듯했습니다.

"일본인은 계절의 변화를 구실로 술을 마셔요. 설날이나 꽃놀이 때는 물론이고 한겨울에 마시는 '설견주雪見酒'까지 있으니까요."

한자를 종이에 쓰며 설명해줬지만 '설견주'의 의미가 잘 전달되지 않았습니다. 결국 영어로 이야기를 나눈 끝에 중국식으로는 '관설음주觀雪飮酒'라고 쓸 것이라고 정리되었습니다.

외할아버지는 술을 몹시 좋아하셨습니다. 놀러 가면 저를 무릎에 앉히고 기분 좋게 홀짝홀짝 마시는 일이 다반사였습니다. 어렴풋한 기억이지만 곁에 놓인 화로 위의 쇠주전자로 외할아버지는 손수 술을 데웠던 것 같습니다. 우리 집에서 직접 만든 언두부를 매우 좋아하셨습니다. 어머니가 고향에 갈 때, 추운 계절이면 반드시 전날 밤 얇게 썰어서 소쿠리에 넌 두부를 눈 쌓인 건어물 건조대에 두고 딱딱하게 얼려서 만든 언두부가 선물꾸러미 속에 들어 있었습니다.

닭고기와 언두부조림을 먹고 두부전골을 기쁜 얼굴로 뒤적이며 조금씩 술이 오르던 외할아버지와 툇마루 유리문 너머로 쌓이던 눈은 확실히 기억 어딘가에 남아 있습니다.

닥터 왕도 비슷한 어린 시절의 체험을 이야기했습니다. 하지만 그 기억 속 음식은 언두부가 아니라 할아버지의 특제 베이징덕이었습니다.

"닥터 호소야의 고향은 눈이 오나보군."

"네, 잔뜩 내려서 눈 치우는 거랑 지붕에 쌓인 눈을 털어내는 게 아주 힘들죠."

"그렇군. 눈이 그렇게 많이 오면 관설음주 파티를 일본의 자네 고향에서 하세. 휴스턴은 눈이 안 오니까 말이야."

맛있는 베이징덕을 만들어주겠다고 약속하며 윙크하던 그의 웃는 얼굴을 잊을 수 없습니다.

텍사스에서의 임상수련과 연구가 마무리되어 일본으로 돌아가게 되었을 때 닥터 왕은

"이별이라는 말은 그날 아침에 하는 거야"

라고 주장하며, 아침 첫 비행기를 타는 우리를 위해 엄청나게 일찍 일어나서 '이별'을 말하러 와주었습니다.

그로부터 얼마 뒤였습니다. 그는 마흔도 되기 전에 대장암으로 세상을 떠나고 말았습니다.

아직 초등학생이었던 두 따님과 부인이 남겨졌습니다. 그로 부터 벌써 10년 이상의 세월이 지났습니다. 몇 해 전 오랜만에 휴스턴에 갔더니 부인은 이미 재혼해서 다른 지방으로 이사를 갔고, 아이들도 동부 대학에 들어가서 닥터 왕의 가족은 아무 도 휴스턴에 남아 있지 않았습니다.

병원 앞 정원에 닥터 왕을 추억하며 당시 소아과 사람들이 심은 기념수Memorial Tree만이 확실하게 자라나 있었습니다.

주위의 자연은 계절을 되풀이하며 영원히 변화하는 반면, 인간은 그야말로 짧은 시간을 악착같이 살아간다는 점을 실감 했습니다.

소중한 시간이 점점 흐르고 소중한 사람이 점점 사라져갑니 다.

'이별'만이 인생이라오

정말로 그렇다고 생각합니다.

'그렇다면 그걸로 좋지 않은가.'

큰아들도 둘째 아들도 학교 때문에 도쿄를 떠났고, 큰딸도 내년 봄에는 가버릴 예정입니다. 셋째 아들은 고등학교에서 미 식축구에 푹 빠져 일요일에도 거의 집에 없습니다. 모두가 "아빠, 놀아줘" 하며 달라붙던 시절은 먼 옛날이 되어버렸습니다. 이미 '이별'이라는 말을 가만가만히 듣고 있는 것인지도 모릅니다.

만약 이번 설날 고향에 갔을 때 눈이 많이 쌓여 있으면, 어머니에게 언두부를 조려 달라고 부탁해서 요즘 살짝 약해진 아버지를 꾀어 관설음주를 해볼까 합니다.

+++ '아버지'와 '어머니'

작년 연말에 어느 잡지에서 1월호에 실을 예정이니 설문조사에 답해달라며 왕복엽서를 보내왔습니다. '올해 기대하는 일, 하고 싶은 일'을 쓰라는 것이었습니다.

카나리아제도나 어딘가의 인적 없이 조용하고 아름다운 해변에 드러누워서 얇게 썬 오렌지를 띄운 아이스티를 테이블에 두고, 정신없이 일하는 일본의 친구들에게 편지라도 쓰고 싶다고 생각했지만 그건 너무도 뉴뮤직*스럽습니다.

---

* 1970년대부터 1980년대까지 유행한 일본의 대중음악 장르. 문장의 앞 내용은 싱어송라이터 오타키 에이이치의 〈카나리아제도에서カナリア諸島にて〉의 가사다.

이 잡지는 고향의 어머니가 결혼하고부터 내내 즐겨 읽었고, 더군다나 저는 이번이 첫 기고였습니다. 처음부터 '한량'같이 쓸 수는 없으니 조금 폼을 잡아보기로 했습니다.

일기를 써보려 합니다. 1월에 쉰 살이 됩니다. 소아과 의사가 되고 스물다섯 해가 지났습니다. 고치지 못했던 소아암도 이제는 완전히 치료되는 시대에 들어섰습니다.

최근 몇 년 동안 그런 아이들이 결혼해서 아버지, 어머니가 되었고, 자식을 데리고 진찰을 받으러 오게 되었습니다. 그런 기쁜 사건을 잊지 않기 위해서라도요.

그리고 올해 설날. 마음에 드는 일기장을 찾지 못한 채 열흘 정도 지나자

'내년부터 쓰지 뭐. 올해 안에 근사한 일기장을 찾자'

하고 생각하게 되어 작심삼일은커녕 단 하루도 일기를 쓰지 않은 채 계획만으로 그쳤습니다.

그 대신 제가 진료했던 소아암 환자 가운데 처음으로 아버지가 된 아이와 어머니가 된 아이 이야기를 여기다 써두려 합니다.

중학교 2학년이었던 O가 오른쪽 다리의 격렬한 통증으로

정형외과 외래에 온 것은 1978년 5월이었습니다. 가끔 그 부위에 이상한 느낌이 드는 일은 이미 반년이나 지속되었고, 그즈음 진통제도 듣지 않게 되었습니다.

육상부였던 중학교 2학년짜리 O가 얼마나 긴장하며 정형외과 외래 진료실로 들어왔는지 저는 모릅니다. 골육종 진단을 받은 O가 소아병동에 입원한 무렵, 저는 미국 텍사스 주 휴스턴에 있는 텍사스대학 종합암연구소 MD 앤더슨 암센터의 소아과에 3년 예정으로 공부하러 떠나 있었기 때문입니다.

일본에서는 소아과 의사가 골종양 치료에 관여하는 일이 거의 없었던 시절입니다. 하지만 제가 미국에서 처음으로 배치된 곳은 골종양 부문이었습니다. 골종양을 치료한 경험이 없었던 저는 두꺼운 교과서를 며칠간 밤을 새워 필사적으로 읽었습니다. 수련의를 지도하는 임상강사clinical fellow라는 입장이었기에 아는 척을 해야만 했지요. 하루하루가 식은땀의 연속이었습니다. 4개월간의 골종양 부문 근무가 끝나 겨우 골종양이 무엇인지 알았다고 생각하던 무렵에 성누가 소아과의 E 선생에게 편지를 받았습니다.

E 선생은 착한 사람의 대표 격인 소아과 의사입니다. 5년 정도 선배인 저는 그의 결혼식에 초대되어 연설을 부탁받았을 때, 저의 이사에 관한 일화를 소개하며 그가 얼마나 착한 사람

인지에 대해 길게 이야기했습니다.

벌써 15년쯤 전에 있었던 일입니다. 저는 미국에서 돌아와 일단은 친척이 마련해둔 임대주택에서 살았는데, 막내가 태어나고 집도 좁아져서 근처의 조금 더 넓은 집을 찾아내어 연말에 이사할 예정이었습니다. 그 무렵 E 선생은 친구의 병원을 도와주기 위해 성누가병원을 그만뒀지만 볼일을 보러 불쑥 얼굴을 내밀었습니다. 그때 제가 그만 이사를 한다고 말해버린 것입니다.

스가모의 고간지라는 절에 자주 찾아가 참배를 하고, 회진을 마무리할 때면 반드시 병에 걸린 아이를 향해 합장하는 E 선생이 집터와 방위에 민감하다는 사실은 잘 알고 있었으니 이사에 대해 쓸데없는 소리를 하면 귀찮아질 것이라고 생각하긴 했지만, 이상하게도 얼굴을 마주했더니 그만 말이 튀어나오고 말았습니다.

"아, 그래요? 언제 이사하시는데요?"

이사하는 날짜를 물으며 깊이 고개를 끄덕이고는 잠자코 돌아가기에 저는 마음을 좀 놓았습니다. 하지만 그날 밤 역시 전화가 걸려왔습니다.

"E인데요…… 지금 사시는 곳의 정확한 주소랑 이번에 이사 가시는 새 집 주소를 좀 알려주실래요?"

전화기 건너편에서 부스럭거리는 소리가 났습니다. 무엇인지 궁금해서 물어봤더니 집에 가는 길에 책방에 들러서 메구로 구 지도를 사왔다고 합니다.

'큰일이다. 안 된다고 해봤자 이제 와서 바꾸긴 어려운데……'

각오를 하고 주소를 알려주자 잠시 침묵이 흐른 뒤

"아, 괜찮네요. 선생님 예정대로 올해 안에 새 주소로 바꾸는 편이 좋아요"

라는 것이었습니다.

자신감 넘치는 그의 대답에 저는 한시름 놓았습니다. 이미 양쪽 집주인에게 이야기를 해두었고 대금 정산도 마무리된 상황이었습니다.

하지만 이로써 끝난 게 아니었습니다. 15분쯤 지난 뒤 다시 E 선생에게서 전화가 왔습니다.

"선생님, 죄송합니다. 아까는 각도기로 각도를 잴 때 아무래도 좀 어긋났던 것 같아요. 다시 재어보니 좀 다르네요."

"앗, 뭐가 다른데?"

"그 방향은 내년 3월까지는 절대로 가면 안 돼요. 반드시 기다려야 합니다."

"하지만, 이제 됐어. 새집 집세도 내년 1월분부터 치러됐거든. 양쪽 집세를 다 내면 우린 굶어죽을 거야."

"돈 문제가 아니에요."

"그렇지만……"

"돈이 없으세요? 없으면 제가 빌려드릴게요."

'아아, 이리 될 줄 알았는데.'

이렇게 생각해봤자 이미 엎질러진 물입니다. E 선생의 걱정에 무릎을 꿇은 저는 결국 허리띠를 졸라매며 이듬해 첫 두 달 정도는 집 두 채를 빌렸습니다. E 선생은 연초에 새해 인사를 겸해서 옛날 집에 정찰하러 왔습니다.

"이야, 선생님이 여기 계셔서 한시름 놓았네요."

정말로 기쁘다는 듯 싱글벙글 웃는 E 선생을 보자 저도 왠지 기뻐졌다는 이야기입니다.

그런 E 선생이 갓 소아과 의사가 되던 해 O를 담당한 것입니다.

오른쪽 무릎 아래 부근이 빨갛게 부어 있었습니다. 눌러보면 통증도 있습니다.

엑스레이에서는 정강이뼈의 무릎 언저리부터가 부서진 것처럼 빠져 있었습니다. 혈관조영으로도 그 부위에 종양이 있다는 사실이 판명되었습니다.

수술을 했습니다. 오른쪽 다리를 무릎관절 위로 절단했습니다. 지금이야 다양한 수술 방식이 개발되어 남길 수 있는 부분은 되도록 남기는 길을 택하지만, 그 당시는 골육종 환자의 생명을 구하기조차 어려웠습니다.

20년도 더 된 일입니다. 찾아봤는데 진료 기록은 요약 부분만을 남겨두고 처분되었습니다. 중학교 2학년 남자아이에게 어떻게 설명하고 수술했는지에 대해 그 당시 선생님에게 물어봤지만 다들 분명히 기억하고 있지 않았습니다.

"수술실에서 돌아와 오른쪽 다리가 무릎 위부터 아래까지 없어졌다며 O가 혼란에 빠진 기억은 없으니, 분명 병 때문에 다리를 잘라야만 한다는 설명은 수술 전에 했을 거예요."

E 선생도 이렇게만 대답했습니다. 친절의 화신인 E 선생조차 그럴 정도였으니 아직 그런 시대였던 거지요. 병명은 물론이고 병세에 대한 설명도 결코 자세하거나 충분치 않았을 것입니다. 괴롭고 힘든 화학요법이 시작되었습니다. O의 기분을 헤아려보면 제 마음이 아픕니다.

미국에 있는 제게 E 선생이 최신 치료법에 대해 물어서 곧바로 답장을 보내는 일이 몇 번인가 이어졌습니다. 인터넷 같은 건 존재하지 않았던 시대입니다.

"본인이 약은 죽어도 싫다는데, 아무래도 화학요법을 아직까지는 해야만 할까요?"

상냥한 E 선생다운 편지입니다.

"화학요법을 안 하고 수술만 할 경우 생존율은 20퍼센트 정도야. 하면 60퍼센트 정도는 나을 수 있을 거고. 힘내라고 해 줘."

제 편지를 읽고 E 선생은 O를 격려했습니다. O의 치료는 제가 귀국한 뒤로도 얼마간 이어졌습니다. O는 고등학생이 되고 대학생이 되고, 졸업하여 컴퓨터 관련 회사에서 일하기 시작했습니다.

180센티미터 정도의 장신인 O의 걸음걸이는 너무도 자연스러워서 의족이라는 것이 티 나지 않습니다. 스물일곱 살 때 멋진 사람을 찾아내어 결혼했습니다. 스물아홉 살 때 아버지가 되었습니다.

"큰아들이 태어났어요."

감격스러운 보고였습니다.

서로가 소아암과 열심히 싸워온 끝에 아기 탄생. 제게는 일본에서 만난 첫 번째 2세입니다. O도 기뻐했지만 저 역시 무척 기뻤습니다. O의 외래 기록에는 생글생글 웃는 아기 사진이 붙어 있습니다. 아빠도 닮았지만 역시 엄마를 더 닮은 것 같습니다.

아기의 탄생을 알려주러 온 날은 우연히 병원에서 하는 지역 주민 대상 공개강좌가 있었습니다. 마침 제가 아기 이야기를 할 예정이었지요. O는 저녁까지 병원에 남아서 저의 서툰 이야기를 들어주고 돌아갔습니다. 아주 기쁜 추억입니다.

그 아이도 이제 다섯 살이 되었고, 남동생이 태어났고, 여동생이 태어났고, 작년 연말에는 또 아기가 하나 더 태어났을 겁니다. 조만간 축하 전화를 걸어 남자아이인지 여자아이인지 물어보려 합니다.

다음은 첫 번째 어머니 이야기입니다.

Y. 이미 미국에서 돌아와 있던 제가 처음부터 직접 치료에 깊이 관여했기 때문에 선명하게 기억하고 있습니다.

Y가 우리 병원으로 옮겨온 것은 초등학교 6학년 때였습니다.

그해 5월부터 6월까지 Y는 몇 번이나 열이 나서 소아 특발성 관절염이 의심되어 근처 시립병원에 입원을 반복했습니다. 혹시나 싶어서 골수천자를 해봤더니 결과는 급성 림프성 백혈병이었습니다. 두 달 정도 치료했는데 8월 말에 갑자기 오른쪽 다리가 움직이지 않았고 의식이 불분명해져 자신이 어디에 있는지도 모르게 되었습니다. 9월 1일에는 오른손도 움직이지 않게 되었습니다. 뇌 CT를 찍어보자 좌뇌에 혈관이 막힌 듯한 변화가 보였습니다. 피가 흐르지 않는 부분이 있었던 것입니다. 그 후 의식을 잃어서 하루 종일 혼수상태가 이어졌습니다. 조금씩 좋아져서 거의 일주일 만에 걸을 수는 있게 되었지만, 부모님은 걱정으로 안절부절못했고 우리 병원으로 옮겨오기를 희망하며 상담하러 오셨습니다.

병원을 옮겨온 Y는 아주 귀여운 여자아이였습니다. 신경 증상도 거의 나아가고 있었습니다. 입원하고 2주일 정도 지나자 CT상의 이상도 사라졌고 백혈병 치료도 순조롭게 진행되었습니다.

그 무렵 한 가지 문제가 생겼습니다. 다른 반 담임 선생님이 학급회의 시간에

"이 학교 학생 가운데 급성 백혈병에 걸린 아이가 있어"

라고 말해버린 것입니다. 친구들은 다들 당연히 Y가 그 아이라고 생각했습니다. 전부 본인에게 털어놓자는 의견도 있었지만, 그것은 부모님에게는 여전히 큰 모험이었습니다.

저는 되도록 빨리 학교생활로 돌아가게 하기 위해서라도 외박을 많이 시키자는 방침이었는데, 그조차 어머니가 무서워할 정도였습니다. 어머니는 갑자기 반신마비가 일어나는 현장에 함께 있다가 그 장면을 눈앞에서 봤으니 어쩔 수 없는 일입니다.

입원하고 한 달이 지난 무렵, 제가 Y에게 혈구의 종류와 혈

액의 역할 등을 설명한 뒤 본인의 병이 어떤 것인지를 자세히 말해주기로 했습니다. 백혈병이라는 병명은 지나치게 임팩트가 강하다는 이유로 적극적으로는 알리지 않기로 했습니다. 병의 실태를 알고 있으면 만에 하나 자신이 백혈병이라는 사실을 다른 사람에게 들어도 그렇게 큰 충격은 받지 않으리라고 생각했습니다.

Y는 저의 이야기를 잘 들어주었습니다.

병동 담당자인 O 선생이 퇴원하기 전에 Y가 저의 이야기를 어느 정도 이해했는지 확인해줬습니다.

"Y는 자기 병이 어떤 병인지 알고 있니?"

"피를 만드는 골수라는 곳에 쓸모없는 세포가 늘어나서 보통의 피가 생기지 않는 병인 것 같아요."

완벽했습니다. 하지만 '병인 것 같다'라는 부분에서 본인의 병에 대한 관심이 아직 옅다는 점이 엿보인다고 O 선생과 이야기했습니다.

그 뒤로는 외래와 병동을 오가며 Y는 점점 아가씨로 자랐습니다.

그 무렵 병원에는 아직 방문학급도 없어서 입원한다는 것은 공부가 뒤처진다는 것을 뜻했습니다. 하지만 Y는 괜찮았습니다. 공부도 곧잘 했으니까요. 가장 싫어하는 건 화학요법으로

머리카락이 빠지는 일이었습니다. 머리 감는 것을 싫어하게 되었습니다. 또 어머니에게

"잘 먹어야 돼"

라는 말을 듣는 것도 부담스러웠습니다. 파스타, 스튜, 돈카츠 덮밥 등은 일단 좋아하긴 했지만 원래부터 먹는 데 별로 흥미가 없는 아이였습니다.

Y는 중학생이 되어 학급밴드에서 플루트를 시작했습니다. 성적도 여자아이 가운데 1등, 싫어하는 수학도 점수가 나쁘지는 않았습니다.

아버지가 함께 외래에 오는 경우도 종종 있었지만, 이 무렵부터 Y는 아버지 앞에서 진찰받는 것을 부끄러워하기 시작했습니다. 당연히도 아버지의 눈에는 언제까지나 꼬맹이로 보였겠지요. 어머니를 통해 아버지께 잘 이야기해달라고 했습니다.

중학교를 졸업하고 목표했던 도립 고등학교에 입학하여 얼마 뒤 치료도 끝났습니다. Y는 간호사가 될 결심을 굳혔습니다. 일반 대학교의 간호학과에 갈지 간호전문대학에 갈지는 앞으로 하기 나름이었습니다. 간호사가 되기 위한 공부를 시작하면 아직 알려주지 않은 병명도 곧 알게 되리라고 모두가 예상했습니다.

어머니에게 물었더니

"만약 자신의 병에 대해 병명이나 그밖에 묻고 싶은 게 있다면 의사 선생님이든 간호사 선생님이든 편한 분께 여쭤어보라고 말해뒀어요. 하지만 묻지 않는 걸로 봐서 이미 본인은 알고 있는 것 같아요"

라고 하셨습니다. 왠지 무척이나 침착했습니다.

"성누가 간호대학을 졸업해서 호소야 선생님과 함께 일하는 게 꿈인 모양이에요."

이런 기쁜 소식도 전해주셨습니다.

Y는 결국 추천으로 T 의료기술단대에 붙어서 그쪽으로 가게 되었습니다.

입학하기 전에 부모님과 Y를 불러서 저와 간호사와 모두 함께 이야기를 나누는 자리를 마련했습니다.

Y도 자신이 백혈병일 것이라고 짐작했던 터라 그리 놀라지 않은 모양이었지만, 어머니가 설명 전에 가장 안절부절못하며 초조해하셨던 것이 인상적이었습니다.

"병에 대해 이야기할 수 있는 친구들이 생겼어요."

어느 날 Y가 알려주었습니다. 백혈병 아이들도 오는 캠프에 자원봉사자로 참가하는 등 공부 말고도 이것저것 다양한 일을 하며 Y는 스무 살이 되었고, 학교 근처에서 자취를 시작했습니다. 그리고 드디어 간호사가 되었습니다. 우리 병원에서 일하게 되긴 했지만 1지망은 내과였습니다.

"어라, 선생님이랑 같이 소아과에서 일하기로 한 거 아니었어?"

"헤헤헤."

가볍게 차이고 말았습니다. Y는 내과에서 내과 외래로 옮겨가며 5년이나 일했습니다. 그러던 어느 날 수줍어하며 말을 꺼냈습니다.

"저 결혼해요. 아기도 태어나요."

"잘 됐네. 내가 아무리 괜찮다고 해도 제대로 임신할 수 있을지 걱정이었지? 어머님도 엄청 걱정하셨으니까…… 무척 기뻐하실 거야. 속도위반 결혼으로 이렇게 다들 기뻐해주는 일은 드물다고."

"그런데요 선생님, 엄마한테는 무지 혼났어요."

"아, 어머님은 건실한 분이니까. 그래도 할머니가 되면 엄청 기뻐하실걸."

Y의 결혼식은 마침 먼저 잡혀 있던 강연회 일정 때문에 가지 못했습니다. 아기도 성누가병원은 집에서 멀고 출산 비용이 비싸다며 근처 산부인과에서 낳아서 저도 아직 실물은 못 봤습니다. 조만간 영유아검진을 받으러 오겠지요. 고대하고 있습니다.

후기를 대신하여

　작년의 감은 이제까지 맛본 가운데 가장 맛있었습니다. 저는 감을 무척 좋아합니다. 후유가키富有柿, 지로가키次郎柿, 후데가키筆柿, 히라타네가키平種柿,* 모두가 맛도 좋고 이름도 좋습니다.

　　　맛있는 감 저마다 좋은 이름 가졌구나

　　　　　　　　　　　　　　　　　　　호소야 료료**

---

* 모두 단감의 품종 중 하나.
** 저자가 하이쿠 시인으로 활동할 때 쓰는 호.

　　　　* 　* 　*

　작년 가을이 끝나갈 무렵, 감을 먹을 때 이제껏 느껴보지 못
한 기분에 사로잡혔습니다.

　'내년에도 가능하면 이 맛있는 감을 먹어보고 싶구나.'

　이런 생각이 든 것입니다.

　옛날에는 인생 50년이라고들 했습니다. 확실히 예전에는 지
금보다 평균 수명이 짧았습니다. 그래서 옛 사람들은 쉰 살쯤
되면 언제 죽을지 모르니, 언제 죽더라도 괜찮도록 조금씩 마
음의 준비를 해두라고 경고했던 거겠지요.

　　　　* 　* 　*

　요전에 시골 고향집에 갔을 때의 일입니다. 어머니가 차를
끓여주셔서 소파에 드러누워 멍하니 있었습니다.

　불량스럽긴 했지만 여동생이 택배로 보낸 센베이*를 그 자
세로 베어 먹고 있었습니다. 밀가루 센베이라고 하나요. 말랑
말랑한 아기용 센베이 같은 것에 설탕을 엷게 뿌린 고급 과자

---

* 밀가루나 쌀가루 반죽을 굽거나 튀겨 만든 일본의 전통 과자.

였습니다.

　달착지근한 센베이가 입에서 녹는 감촉을 즐기며

'죽을 때 이런 과자를 먹을 수 있으면 좋겠다'

라고 생각했습니다.

＊　＊　＊

　그런 저의 예상치 못한 마음의 움직임과 함께 살아온 50년
이라는 세월의 길이에 순수하게 놀라고 말았습니다.

1998년 설날

자기 몫의 삶

이 책을 번역했던 지난 9월과 10월, 내 아이는 갓 돌이 지나 있었다. 아이는 일주일 단위로 얼굴이 달라질 만큼 무서운 기세로 자랐고, 싱싱한 생명력과 놀라운 에너지로 온 집안을 휩쓸며 나날이 새로운 재롱을 보여줬다. 이제껏 내가 해왔던 연애는 대체 뭐였나 싶을 정도로 지독하게 애틋하고 사랑스러웠다. 지난 애인들이 세계의 일부였다면 아이는 우주 그 자체였다. 대신 살 수는 없지만 혹시라도 대신 죽을 수 있다면 꼭 그렇게 해주고 싶다고, 매일 밤 자기 전 생각했던 것을 또렷하게 기억한다. 죽는 건 사는 것에 비해 얼마나 간단한가. 나는 그렇게 생각했던 것이다.

이 책 작업이 심리적으로 힘들지 않았느냐고, 번역 원고를 넘긴 내게 출판사 대표님이 물었다. 아픈 아이들의 이야기이니 아기를 기르는 내가 과몰입하지 않을까 걱정해주신 것이다. 그 야 당연히 힘들었다. 아이들의 가느다란 머리카락이나 부드러운 손등 같은 것이 전에 없이 구체적으로 상상되기도 했고, 또 번역가이기 이전에 한 사람의 독자로서 나 역시 등장인물들이 살아남기를 간절히 바라며 책장을 넘겼으니까. 그러나 그 기대는 번번이 어긋났다. 봄, 여름, 가을, 겨울 편을 지나 결국 이 책에서 살아남은 환아는 「'아버지'와 '어머니'」의 주인공 둘뿐이었다. 소아과 의사라면 본인의 업적을 은근히 자랑하기 위해서라도 완치된 사례를 쓰고 싶을 터인데, 저자는 어째서 세상을 떠난 아이들을 중심으로 글을 쓴 것일까?

유튜브에서 '호소야 료타'를 검색해봤다. 〈괜찮아 – 소아과 의사 호소야 료타의 말〉이라는 다큐멘터리 예고편이 나왔다. 머리를 짧게 깎고 스님 복장으로 산을 오르는 저자의 모습 위로 "네 살에게는 네 살 나름의, 여섯 살에게는 여섯 살 나름의 인생의 길이가 있다"라는 그의 음성이 흐른다. 아, 그렇구나. 이제야 이해되었다. 저자는 암에 걸린 아이들이 지상에 머물렀던 짧은 시간도 훌륭한 인생이라고 생각했던 것이다. 그래서 그 궤적을 글로 남겨두고 싶었던 것이다.

그러므로 이 실화를 옮기며 내가 해야 할 일은, 결코 이 아이들을 가엾거나 불쌍하게 여기지 않는 것이었다. 어쨌거나 이 아이들은 자신의 삶을 살았고, 그것을 동정할 권리는 나에게 없다. 나도, 어느 누구도 그들의 삶을 그런 단순한 단어로 치환해서는 안 된다. 대신 나는 그 삶 속에서 빛났던 순간에 집중해 보기로 했다. 밤중에 S가 어머니에게 만두를 해달라고 졸랐던 일, 아케미가 고통을 뛰어넘으면 더 큰 즐거움이 기다리고 있을 것 같다고 말했던 일, R가 봄방학과 여름방학 때면 언제나 한신 고시엔 구장을 찾았던 일, 마이가 디즈니랜드의 불꽃놀이를 좋아했던 일. 모두가 자기 몫의 삶을 살았다고 생각하면 이 책이 꼭 슬프게만은 다가오지 않았다.

죽는 건 사는 것에 비해 정말로 간단한가? 이제 나는 내 의견을 수정한다. 죽음을 향해 시시각각 다가가는 과정이 삶인 이상, 죽음은 삶의 일부이고 그 둘을 분리해서 생각할 수 없다고. 또 누구에게나 자기 몫의 삶이 있으므로 내가 누군가를 위해 대신 죽어줄 수 있다고 생각하는 건 모순이자 오만이라고.

지난 가을에 작업했던 책이 올겨울에 나오는 것이니 그 사이 계절이 한 바퀴 하고도 조금 더 돈 셈이다. 아파트 화단에는 철쭉과 아카시아 꽃이 피었다 졌다. 녹색으로 싱싱하게 빛나던 나뭇잎들은 노랗고 붉게 하늘을 물들였다가 이제는 밑동에 소복이 쌓여 다음 봄을 준비하고 있다. 잘 걷지도 못했던 아이는 요즘 뛰어다니며 온갖 말을 다 한다. 모두가 자기 몫의 삶을 힘껏 살고 있고, 그것은 내게 번번이 기적처럼 느껴진다.

2019년 12월

이지수

옮긴이 | 이지수

고려대학교와 사이타마대학교에서 일본어와 일본문학을 공부했다. 텍스트를 성실하고 정확하게 옮기는 번역가가 되기를 꿈꾼다. 『말하기 힘든 것에 대해 말하기』, 『거리의 현대사상』, 『사랑을 하자 꿈을 꾸자 여행을 떠나자』, 『사는 게 뭐라고』, 『죽는 게 뭐라고』, 『영화를 찍으며 생각한 것』, 『홍차와 장미의 나날』, 『고독한 직업』 외 다수의 책을 옮겼다.

소아과 병동의 사계

초판 1쇄 발행 2019년 12월 25일

지은이 호소야 료타
옮긴이 이지수

펴낸곳 서커스출판상회
주소 서울 마포구 월드컵북로 400 5층 24호(상암동, 문화콘텐츠센터)
전화번호 02-3153-1311
팩스 02-3153-2903
전자우편 rigolo@hanmail.net
출판등록 2015년 1월 2일(제2015-000002호)

ⓒ 서커스, 2019

ISBN 979-11-87295-37-2 03830

이 도서의 국립중앙도서관 출판예정도서목록(CIP)은 서지정보유통지원시스템 홈페이지(http://seoji.nl.go.kr)와 국가자료공동목록시스템(http://www.nl.go.kr/kolisnet)에서 이용하실 수 있습니다. (CIP제어번호: CIP2019021631)